JN120372

思い出ごはん

PHP研究所 編

PHP
文芸文庫

○本表紙デザイン＋ロゴ＝川上成夫

思い出ごはん

目次

祖父が愛したシュパーゲル

門倉多仁亜（料理研究家）

私の母はドイツ人です。ドイツの食事のイメージというと、ビールにジャガイモにソーセージとよく言われます。確かにドイツの家庭の食事はシンプルです。ドイツに暮らす祖父母と数年間、一緒に過ごしましたが、日本人だったら「飽きないの!?」というくらいに毎日同じ物を食べていました。豚のシュニッツェル、肉団子、アイントップフ、ニシンの酢漬け、祖母のレパートリーは20くらいだったでしょうか？　それをとっかえひっかえ楽しむのが日常でした。今日はご飯をどうしよう？　と悩むこともなく、作り慣れた料理なので気軽に作れ、とても合理的な料理のスタイルだったと思うのです。そしてきっと何よりも、祖父母は慣れ親しんだ味が心地よかったのです。

私が一番の楽しみにしていたのは春のシュパーゲル（白アスパラガス）の季節でした。タケノコといっしょで、朝掘りのものが一番瑞々《みずみず》しくて美味《おい》しいので、スーパーなどでは買わず、街の広場で開催される朝市に出かけ、農家から直接分けてもらうのが恒例でした。

シュパーゲルは味がとても繊細なので、あれこれ手を加えて料理するより、シンプルにいただくのが一番。最も注意すべきことは、筋が残らないように下準備すること。皮むき器で丁寧に皮をむきます。なんどもなんどもシュパーゲルを上から下へと指でなでるように触って、固い部分が残っていないかを確認します。〝節約は大事だけど、シュパーゲルの皮むきは節約するな！〟とは祖父の口癖。

家にある一番大きなお鍋に湯を沸かして大量のシュパーゲルを突入させる。牛乳を入れると白く仕上がるとか、皮もいっしょに入れて煮ると味が濃くなると言う人もいますが、うちはそのまま塩茹《ゆ》でです。それよりも大事なことは茹ですぎないよう、少しだけ歯ごたえが残るように、集中して見守ることです。太さにもよりますが、だいたい13分くらいかかるでしょうか。シュパーゲルを1本持ち上げて、自分の重みで少しだけ撓《しな》るようならパーフェクト！　一番美味しい柔らかい穂先がつぶれないように注意をしながらザルにとりあげます。

お皿の手前にシュパーゲルを、一人前5〜6本盛り付け、塩茹でした小さめの新ジャガイモと塩気が効いた美味しいハムを添えます。そしてシュパーゲルの味を邪魔しない溶かしバターソースをたっぷりかけるのです。

シュパーゲルを口に含むと独特の香りが広がり、ほんのりと苦みがあって、溶けるように消えていきます。思い出すだけでHmmmmm《フムムム》〜〜、hmmmmm《フムムム》〜〜〜と唸《うな》るような祖父の声が聞こえてきそうです。祖父母のいない今でも、毎年欠かさずドイツからシュパーゲルを取り寄せて、祖父母といっしょに過ごした食卓を思い出します。

かどくらたにあ●父は日本人、母はドイツ人。テレビや雑誌などで料理だけでなくドイツのライフスタイル全般を紹介している。『365日の気づきノート』（SBクリエイティブ）など著書多数。

母が作った幻の卵焼き

武田双雲（書道家）

「こぎゃん美味《おい》しかキュウリ食べたことないばい！」僕の父ちゃんの口癖のようなものだ。こんな美味しいものは食べたことないと大きな声で伝えてくる。すぐ近くにいるのに。しかもそのキュウリは日頃よく食べているキュウリだったりする。でもほんとうに美味しそうに食べるから、父親のこの感動体質が家族中にウイルスのように伝染して治らない「感動病」となっている。

例えば、先日も仕事で熊本の実家に帰省した時、家族みんなで機関銃のような勢いで、食べ物について夜中まで語り合った。夜中の三時に、ようやく布団に入ってちょうど眠りに落ちた頃に事件は起きた。母が部屋に入ってきて「大智《だいち》、大智、ちょっと」といきなり僕の名前を呼んで、起こされた。何事かと思ったら突然、何かを口に突っ込んできたのだ。それはなんと卵焼きだった。夜中まで語り合ったあと、いきなり新しい卵焼きの作り方を思いついたそうで、どうやら予想以上の卵焼きが完成したらしい。そうして感動した母は、寝ぼけている僕の口に完成したばかりの新しい卵焼きを突っ込んだ。僕はもちろん驚いた。「なんてことをするんだ」と。しかし、親から受け継いだ遺伝子のせいなのか、あまりの美味しさに感動してしまう自分を止められなかった。すぐさま起き上がり、「この卵焼きをもっとください」と、キッチンまで足を進めた。

母は、僕の書道の師匠でもある。かっこよく言えばアーティスト体質。思いつきで行動するので、周りはついていけない事が多い。しかし、時に天才的な卵焼きを作ったりもする。常識にとらわれない。次の日、母に「昨晩の、いや朝方の卵焼きをもう一度プリーズ」と頼んだら、どうやって作ったか忘れたと返ってきた。毎度、ズコーッとなる。しかし、また違う未知の美味しさをもつ卵焼きを生む可能性をもっている。

こうやって感動体質の両親の下《もと》で育った僕は、食事の時には、仕事のことを考えたり、他のことに意識がつい向いてしまわないように、目の前の料理をじーっとながめて、香りを楽しみ、素材を作ってくれた人に感謝し、太陽や大地に感謝する習慣が身についた。そういう習慣を身につけてきたことで、毎回の食事が感動食事となる。そのお陰もあるのか僕はとにかく食事に恵まれている。共に食べる家族や仲間たちと、毎回、とても幸せな気分に包まれながら食べられている。不安も不満もない状態でいられることは本当にありがたいことだ。両親にあらためて感謝。

たけだそううん●3歳より、書道家である母、武田双葉に師事し、書の道を歩む。著書『ポジティブの教科書』（主婦の友社）がベストセラーに。近年は現代アーティストとして全国各地で個展を開催。

父へのポークソテー

椰月美智子（作家）

父の一時帰宅日だった。それは父の人生ではじめてで、そして最後の入院だった。

わたしは二十六歳になったばかりで、寝ても覚めても恋人のことで頭がいっぱいだった。破局が近づいていることを知りながら、それでも、いちばんたのしかった頃の余韻を忘れられず、終焉《しゅうえん》間近の恋にしがみついていた。

父は末期の癌《がん》だった。咳《せき》がなかなか治まらず、おかしいなと総合病院に検査に行ったときにはもう手遅れで、手術もできない状態だった。

その日、父は比較的元気に家に帰ってきた。いくつかの検査をして治療はしていたが、本当の病名を告げてはおらず、本人はきっと治ると信じていた時期だったと思う。

その頃のわたしといえば、母が用意した朝食を食べ、母が洗濯した服を着て会社に行き、帰宅後は母が作った夕飯を当たり前に食べ、母が洗ったお風呂に入って寝るという、まったくの甘ったれ娘で、家事なんてろくにしたこともなかった。むろん、料理をしたいという欲求もなかった。

けれどその日、わたしは父に美味《おい》しいものを食べてもらいたいと思ったのだ。本棚から料理本を取り出して献立をさがし、ポークソテーに決めた。父は豚肉が好きだったし、料理本に載っている写真はいかにも美味しそうだった。

肉にソースをからめて焼くだけの簡単な料理。けれどわたしは失敗した。味付けが濃すぎたのだ。ソースを作るとき、なんとなく心配で、調味料を多めに配分したのが敗因だった。肉も焼きすぎてかたくなってしまった。

美味しくないポークソテーを、父は文句を言わずに食べてくれた。二十六歳のいっぱしの大人が作ったまずいポークソテー。勝手し放題の娘が父のために、はじめて作ったポークソテーだった。

それから父の症状は徐々に悪くなり、その年の夏に、とうとう命が尽きてしまった。

今でもたまにあのときのポークソテーを思い出す。なんであんな簡単なものができなかったんだろう。申し訳なくて、情けなくて、いたたまれない気持ちになる。

家族や日々の生活のありがたみがわかるのは、それよりずいぶんあとのことだ。今なら、もう少しまともなものを作れたのにと思うけれど、きっとタイムマシンであの頃のわたしに忠言しても、聞く耳を持たなかったに違いない。愚かな娘の苦い思い出料理だ。

やづきみちこ●1970年、神奈川県生まれ。『十二歳』(講談社)で第42回講談社児童文学新人賞を受賞。著書に『しずかな日々』(講談社)、『明日の食卓』(KADOKAWA)など多数。

手作りのお節料理

堀川 波（イラストレーター）

私が子供のころは、お節料理といえば大阪に住む祖父が丁寧に何日もかけて作ってくれていました。やわらかく味が染み込んだごぼうやこんにゃく、にんじんのお煮しめ、ぷくぷくツヤツヤの黒豆、サーモンや卵、鯖《さば》の押し寿司は、懐かしい思い出の味です。祖父は奈良の出身だったせいか、お雑煮の横に、決まってきな粉の入った小皿がありました。白味噌《みそ》のお雑煮の中に入った餅を取り出して、きな粉につけて食べるのです。子供のころは、それが不思議だとも思わなかったのですが、今思えば独特の食文化ですよね。

祖父が亡くなってからは、誰もお節料理を作らなくなりました。白味噌のお雑煮だけは、毎年母が作ってくれますが、お節料理は、「デパ地下で買うもの」になっていきました。カタログを見ながら「今年はどこのにする？」という選ぶ楽しみに変わっていました。

しばらく、「買うお節料理」を満喫していたのですが、結婚して子供が生まれると、娘が「お節料理は買ってくるもの」と思ってしまうのは嫌だなと思うようになりました。祖父のように丁寧に作れなくても、家庭で作るお節料理を食べさせてあげたい。将来、お節料理を作りたいと思える大人になってほしいと思うようになったのです。

さっそく母と義妹とデパートにお重を買いに行き、家でお節料理を作ろう！ということになりました。料理本を見ながら試行錯誤のお節作りです。

三十日に慌ただしい年の瀬の街に買い出しに出かけ、大晦日《おおみそか》は、朝からお節作りスタートです。お煮しめ担当の義妹は一年に一度の飾り切り祭り。梅の形のにんじん、亀の形のしいたけ、お花の形のれんこん。おめでたく華やかに野菜やかまぼこを切ります。出し巻き卵、栗《くり》きんとん、いかにんじん、手まり寿司、数の子、紅白なますなど作るのは簡単なものばかりで、手間のかかる黒豆や田作りは、デパ地下で買ってきました。それでも、おいしく豪華な三段重のお節料理に、家族みんなが喜んでくれました。

あれから十五年、今も母と義妹と三段のお節料理を作っています。最近は四人の子供たちも手伝ってくれるようになりました。いまだに祖父のような「我が家の味」はできていませんが、子供たちは、「お節料理は家族みんなで作るもの」と思っているのはまちがいないと思います。

一年のはじめに家族の健康と幸せを願うお節料理を、みんなで食べられるだけでもしあわせなことだなと思います。

ほりかわなみ●1971年生まれ。おもちゃメーカー勤務を経て、絵本作家、イラストレーターとして活躍。著書に『45歳からの定番おしゃれレッスン』（PHP研究所）など多数。

あの夜の寄せ鍋

水橋文美江（脚本家）

母の命が残り僅かと知ったのは脚本家になって3年目の冬でした。連続ドラマ「夏子の酒」（和《わ》久《く》井《い》映《え》見《み》主演／フジテレビ系列）の執筆に追われていた私は、姉からの電話で、母が末期癌《がん》ですでに全身転移の深刻な状態であることを聞かされました。さらに母は自身の置かれている状況を理解しており、その上で、東京にいる私には内緒にしてと言ったといいます。「夏子の酒」の執筆の邪魔になってはとの親心だったのでしょう。私は居たたまれず、仕事用のパソコンを抱え、新幹線に飛び乗りました。年末の帰省客で車内は明るく賑《にぎ》やかな声に溢《あふ》れていました。

病室に駆け込むと、ちょうど食事が配膳されたところで、痩せ細った母の背中が見えました。「お母さん」私の呼びかけにゆっくりと振り向いた母の顔には微《かす》かな光が差し込んだようでした。「あらァ……驚いたァ……そんなァわざわざ来ることないのにィ……」そう言いながら目の前の食事にはまったく口をつけず、箸を置きました。抗癌剤の副作用で髪は抜け落ち、味覚も食欲もなくなったようです。「食べなきゃ元気になれないよ、何か食べたいものはないの」。答えの代わりに母はポツリと呟《つぶや》きました。「家に帰りたい……」。

もはや一歩も自力歩行が出来なくなった母を、ひと晩だけでもいいからと自宅に連れ帰ることにしました。私たちは夕食に母の好きな寄せ鍋を用意しました。白菜や大根や椎茸《しいたけ》等々、食べやすいようにと細かく刻みました。父に抱かれ、かろうじて居間の座椅子に身体をもたれさせた母は、寄せ鍋の湯気に目を細め、「あぁ……」と掠《かす》れた声を出しました。それからやんわりと取り分けの小皿に手を伸ばし、食べようと意欲を見せてくれました。「元気にならなきゃ……最後まで観《み》なきゃ……」。1月から始まる「夏子の酒」のことです。「そうだね、最終回は3月末だから、最後まで観てね」。母は頷《うなず》き、懸命に箸を動かしました。「美味《おい》しいねェ……美味しいねェ……ありがとねェ……」。懸命に箸を動かす母の姿が切なく、いとしく、惜しく、私たちはただひたすら箸を動かしました。誰も何も言わず、こみ上げる涙を堪《こら》えるのに必死でした。

明けて2月、母は逝きました。しんしんと雪の舞い散る静かな午後でした。「夏子の酒」を最後まで観ることは叶《かな》いませんでしたが、目を閉じると、あたたかな湯気の向こうに母の姿が浮かびます。あの夜の寄せ鍋が家族で囲んだ最後のごはんの思い出となりました。

みずはしふみえ●脚本家。主な作品にフジテレビ系「妹よ」「みにくいアヒルの子」「太陽は沈まない」「ビギナー」、日本テレビ系「ホタルノヒカリ」「#リモラブ」、NHK連続テレビ小説「スカーレット」他多数。

息子が作った卵焼き

上大岡トメ（イラストレーター）

すとん、とダイニングテーブルに座った先生の前に置かれたものは、ほかほか湯気がたっている、黄色く光った卵焼き。隣には当時小学校4年生だった息子が「どうよ！」という顔で立っている。家庭訪問時の出来事です。

担任の女性の先生ははじめは面食らったものの、息子の手際の良さに感服。できたての卵焼きを口に運び、「おいしい！」とおっしゃいました（まあ、あの状況では「うーん、いまいち」と言いづらいけど）。

その頃の私は、明けても暮れても仕事漬けで、朝から晩までずーっと机にかじりついていました。息子も2つ歳《とし》上の娘も「かーちゃんをアテにすると先に進まない」ということを肌で感じ、とりあえずなんでも自分たちでやるようになっていました。

ただごはんに関しては、私にはちょっとこだわりがあったのです。できあいのおかずやお弁当が苦手だったので、超手抜きでシンプルでもなんとか自分で作っていました。それでもらちがあかなくなり、コドモ2人とも必要に迫られてカンタンなものは作れるように。

でも息子はその時期、何かと言うと卵焼きを作っていた。なんでだろう？

今、息子は29歳。大学進学で家を出てからひとり暮らしを始め、ほぼ自炊しているようです。それだけでなく友達が部屋に来て「うち飲み」になると、料理もふるまう腕前に。たまに帰省すると、仕事でバタバタしている私に、冷蔵庫にあるもので何か作ってくれることもある。お～！　よく育った、と自画自賛。

そんなたいした息子に聞いてみた。なんで小学生の頃、卵焼き作りに熱中していたのかと。息子の答えは、明快でした。

「日曜日、野球の試合に持って行く弁当の卵焼きがいつも焦げていた。苦くてすごくいやだったから、自分で作れるようになりたいと思って」

はい。そのお弁当、卵焼きを作っていたのは私ですよ。息子は小学生の頃から野球をやっていたので、土日はお弁当が必要だったのです。確かにあの頃は尋常じゃない忙しさだったもんなー。でも卵焼きを焦がしたなんて、1回たりとも全く記憶にないんだけど。ごめんね。

でもまあ、そのおかげで息子は自分でごはんを作れるようになったし、ケガの功名です。と、息子作の麻婆豆腐に舌鼓を打つのでした。

かみおおおかとめ●ごきげんに生きるためのネタを日々探索。『キッパリ！ たった5分間で自分を変える方法』『老いる自分をゆるしてあげる。』（幻冬者文庫）、など著書多数。

父の手料理

小路幸也（作家）

何でも美味《おい》しいと全国的に評判の北海道に住んでいながら、食に関してはほとんど関心がない。基本食べられれば何でもいい人間だ。東京で編集さんと「晩ご飯を食べながら打ち合わせしましょう」となったときに「何が食べたいですか！」と勢い込んで訊《き》いてくれるのだけど「いや僕はマクドでもいいですよ」と答えて怒られることも。なので、申し訳ないけど、思い出の食卓というこのテーマにも引っ掛かってくる記憶はほとんどない。

ただひとつ。苦い思い出とともに覚えているおかずがある。

〈キャベツと薩摩《さつま》揚《あ》げの炒《いた》め物〉だ。

若い頃からろくでなしだった。親の金で学校に行かせてもらっているにもかかわらず、ミュージシャンになりたいと毎日バイトとライブに明け暮れていた。

ある日、どういう心境だったかはもう覚えていないけど、親に手紙を書いた。学校を辞めて音楽とバイトで食っていくと。それが母の心労を招いて、入院したと連絡が入った。幸い少し休めば回復するものだった。故郷に帰り父の車に乗って見舞いをして、そのまま実家に戻った。母のいない家はどこか寒々しかった。

父が、今夜は泊まっていくんだろうと言うので頷《うなず》いた。「飯を作るか」と、父は台所に立った。初めて見た姿だった。料理なんかできるのかと訊いたら「若い頃は一人暮らしもしたからな」と笑い、キャベツを取り出し切り始めた。何を作るのかと思えば鍋に大量にキャベツを放り込み、薩摩揚げも入れ、炒め始めた。できあがった〈キャベツと薩摩揚げの炒め物〉は、思えば母もよく作っていたおかずだった。

不味《まず》くはなかったと思うが、白いご飯と味噌《みそ》汁と漬物と、そしてそのおかずだけの食卓だった。父親と二人きりの食卓というのも、たぶんそのときが初めてだったはずだ。何を話したのかも覚えていないが、父が怒らなかったのだけは確かだ。「まぁ、何をするにしても頑張れ」と言ってくれたような気がする。はっきり覚えているのは、父と暮らした日々の中でたった一度きり、作ってくれたおかずが〈キャベツと薩摩揚げの炒め物〉だったということだけ。

今はもう、実家には誰もいない。ごくたまに、妻が同じようなものを作りそれが食卓に上るときにいつも思い出す。台所に立っていた父の後ろ姿を。

しょうじゆきや●1961年、北海道生まれ。2002年に『空を見上げる古い歌を口ずさむ』(講談社)で第29回メフィスト賞を受賞。「すべての神様の十月」シリーズ(PHP文芸文庫)など著書多数。

じゃがいもの細切りと豚挽肉の炒めもの

森 絵都（作家）

私はごく普通の家庭に育ったつもりでいたけれど、もしかしたら、我が家はどちらかというと貧しいほうだったのかもしれない。そんな疑惑が浮上したのは、結婚後、夫と一緒に食卓を囲むようになってからだった。

「おかずが、ちょっと物足りないな」

遠慮がちに言われるたび、私は実家でよく出されていた「ちょっと物足りないときの一品」を用意したのだが、それがことごとく夫を驚愕《きょうがく》させる結果となったのだ。

「ええっ、鰹節《かつおぶし》に醤油《しょうゆ》をかけたのがおかず？」

「刻んだネギに醤油をかけたのがおかず？」

「青のりに醬油をかけたのがおかず?」

そう、おかず。少なくとも私の実家では、なんでもかんでも醬油をかければ「おかず」となる。が、新居ではそれが通用せず、鰹節に醬油をかけたものは、夫の目にはあくまで「醬油をかけた鰹節」としか映らないらしい。夜な夜な「これがおかず?」を連呼され、ついには憐憫《れんびん》の目で「苦労したんだね」と労《ねぎら》われるに至って、私は実家のエンゲル係数の高さを認めざるを得なくなった。

たしかに、私が子供の頃、実家の鍋にはほとんど肉が入っていなかった。おにぎりの具は鰹節と梅干しだった。カルピスは限りなく透明に近かった。世の中に焼き肉屋というものがあるのを知ったのは小学六年生の時だった。

共働きだった母親が最も頻繁に作ってくれた料理は「じゃがいもの細切りと豚挽肉《ひきにく》の炒《いた》めもの」で、その素朴な味を思い出すたび、私は炭水化物で炭水化物を食べていたのだな、と複雑な感慨をおぼえる。とても懐かしく、郷愁に浸るにふさわしい一品ではあるけれど、二度と食べたくはない。それが、私にとっての「じゃがいもの細切りと豚挽肉の炒めもの」だ。きっとこれも母の節約料理で、うちの家族のみぞ知る一品なのだろうな、などと思っていたところ、なんと、我が家よりもはるかにエンゲル係数の低そうな家庭に育った夫も、なぜかこの「じゃがいもの細切りと豚挽肉の炒めもの」だけは知っていたのだった。

「うちのおふくろも、昔、よく作ってたよ」

「へえ。当時はポピュラーな料理だったのかな。じゃがいもと挽肉だから腹持ちもいいし」

「塩こしょうで炒めるだけで簡単だしな」

「最後にちょっと醬油をかけるのがミソ」

「出た、やっぱり森家は最後は醬油か」

「ごはんのおかずになるかどうかの瀬戸際だから」

正式名称も知らない母たちの「共通の手料理」をめぐって、妙に話が弾んだ夜となった。

もりえと●1968年、東京都生まれ。1990年、『リズム』で第31回講談社児童文学新人賞を受賞しデビュー。同作品で第2回椋鳩十《むくはとじゅう》児童文学賞を受賞。『みかづき』（集英社）など著書多数。

母に食べさせたかった手作りクッキー

一青 妙(作家、女優、歯科医)

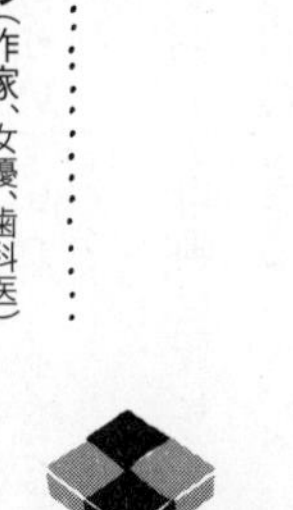

私が21歳のときに亡くなった母は、かなりの料理上手だった。和・洋・中なんでもござれで、パンやケーキまで、ぱぱっと作り上げていた。台所で背を向けている母が振り向くと、いつも手には何か美味《おい》しそうなお皿が出来上がっていた。私と父と妹はもっぱら「味わう」が専門だった。

私の料理の腕がいつまでたっても上達しないのは、「作る」より「味わう」ことに慣れさせた母のせいではないかとひそかに思っている。

父は台湾人で、私は小学校まで現地の学校に通った。日本に転校したのは小学校5年生のとき。驚いたのは「家庭科」の授業だった。台湾の学校にはない教科だった。料理を習い、みんなで試食をする。お腹《なか》も気持ちもいっぱいになれる幸

せな家庭科は、大好きな一コマとなった。

お米の研ぎ方を教わり、野菜炒《いた》め、生姜《しょうが》焼き、きんぴらごぼうなど、覚えたてのものを次から次へと家で再現した。先生の手順をノートに書き写したものを見ながら作るのだから、大失敗はない。でも、何かもう一味足りない。母の料理で味わうふくよかな旨《うま》みにはとうてい及ばなかった。

6年生になり、卒業を控えた2月の家庭科の授業はクッキーがメニューで、バレンタインに合わせた先生の粋な計らいだった。銀紙に包まれたバター丸ごとたっぷりのお砂糖や卵、薄力粉を混ぜ合わせて生地を作る。マーブルと市松模様を作るので、黒い生地にはココアパウダーを投入した。2つの生地をうまく並べて棒状にする。冷蔵庫で冷やした後に適当な厚さに切り、オーブンで焼けば完成だ。熱々のクッキーには、無数の泡がまとわりついていた。ぷくぷくとバターの油分が無数のシャボン玉になっていたのだ。

乳製品を贅沢《ぜいたく》に使用した初めての手作りクッキー。自画自賛したくなるほどの絶品に仕上がった。これなら料理上手の母にも自慢できる。

週末に両親と妹に振舞った。甘いものが苦手な父も「美味しいね」とにっこり笑ってくれた。その父は母より先に世を去った。

「もう一回あのクッキーが食べたいわね」

胃がんを患った母が亡くなる少し前にポツリと言った言葉だ。手術で胃を全摘していたためか、油分の多いものをあまり食べられない体になっていた。

しかし、大学生になった私は、ダイエットを意識し始めていた。カロリーの高いクッキーを作る気にはなれず、また今度ね、と軽く受け流し、それきりになってしまった。少しばかり後悔している。

「お姉ちゃんの作るクッキーが一番美味しい」

最近、妹からまた作ってよ、とせがまれた。久々にクッキーを作ってみよう。

そして、母と父の位牌《いはい》の前に一かけらずつ、置いておこう。

ひととたえ●1970年、台湾人の父と日本人の母の間に生まれる。歯科医師として働く一方、女優としても活躍中。著書『ママ、ごはんまだ?』(講談社)は映画化され、主題歌は妹の一青窈《よう》が担当した。

母への想いを手料理に込めて

小川糸（作家）

思い出というほど昔のことではないのだけれど、きっと何年も何十年も先の未来からあの日を振り返ったら、きっと思い出になるのだろう。

母が亡くなったのは、お正月があけてすぐだった。癌《がん》をわずらい、入院中だった。母に癌が見つかるまで、私は数年間にわたって、ほとんど母との連絡を絶っていた。母自身が大きな問題を抱えており、そのことでどうしても母と距離を取らずにはいられなかったのだ。

その親子関係に変化をもたらしたのは、母が病気になったからだった。弱々しい姿でベッドに寝る母を見て、私は初めて愛《いと》しいと感じることができた。けれど、ようやく母娘の関係を取り戻した時、母はもう、病院で出される以外の食事をとることができなかった。

それまで、私は母に、まだ一度もきちんとおもてなしをしたことがなかった。料理を作ることが好きで、身内にごはんを作ったり、友人たちを呼んで食事会をするのが大きな喜びのはずなのに、そういうことを、母に対してはまだしてあげたことがなかったのだ。そのことに気づいた時、私は涙があふれて止まらなくなった。

母が亡くなって一週間後、私は母に手料理を食べさせるような気持ちで、台所に立った。レンコンと干し柿のなますは、よくおせちで作る前菜である。冬野菜のスープには、旬の人参《にんじん》と蕪《かぶ》とゆりねを入れた。お揚げと生揚げの姉妹煮は、母の母である、私の祖母の味をイメージした。コロッケは、私の十八番。ゆりねのニョッキは、一枚一枚をゆりねに見立てて形を整えた。デザートには、小さなマドレーヌを焼いた。

集中して、母の冥福を祈りながら、母への感謝の気持ちを込めて作った。そして、予定通りわが家に友人夫妻を呼び、にぎやかに新年会をした。

振り返ると、母も人をもてなすのが好きだった。家に人が集まる時は、張り切って料理を作っていた。仕事をしていたから手の込んだ料理は作れなかったけれど、素早く料理を作るのは得意だった。毎日学校に持って行くお弁当も、作ってくれた。

あの日の食卓に、母も来ていてくれただろうか。どうか、来ていてほしい。これが、私にとっては、思い出の食卓なのである。

おがわいと●1973年生まれ。2008年に発表した小説『食堂かたつむり』（ポプラ社）が映画化され、ベストセラーに。主な著書に、『針と糸』（毎日文庫）、『ライオンのおやつ』（ポプラ文庫）、『真夜中の栗』、『昨日のパスタ』（幻冬舎文庫）などがある。

1日たった脂身の多いトンカツ2切れと卵かけごはん

きむらゆういち（絵本作家）

「先生の好物は何ですか？」

以前そう聞かれた時、思わず口から出たのは「うーん、1日たったトンカツ2切れと卵かけごはん」。

質問した相手に「はあ？」と変な顔をされたが、それには訳がある。

10歳の時に父が他界して、母はしばらく家にいたが、ボクが中学に入ると働きに出た。

紳士服の店の裏方で、裾直しなどの作業をする仕事だ。店が閉店してからも仕事が続くので、母が家に帰るのは毎日23時15分。ボクは半分寝ながら母の帰ってきた時の音を布団の中で聞く。

母が悩んだのはボクの夕食だ。そこで考えたのは、ごはんをタイマーで炊けるようにして、隣のおばさんに毎日、トンカツを1枚買ってきてもらうという方法だ。

トンカツは脂身の多い安い方の肉だ。ボクは毎晩それをひとりで食べる。当時はTVや電話も冷蔵庫もない時代で、あるのはラジオだけ。他に出来ることは頭の中で想像することだけ。作家にとって、そこで養われた想像力が後に役立ったと思う。

さて問題は朝ごはんだ。母は夜が遅いので朝は必ず寝ている。もちろん朝食の用意などない。そこでボクが考えたのは、おかまに残っている昨晩のごはんに、そのために残しておいた夕食のトンカツ2切れをおかずに卵かけごはんで食べるのだ。

トンカツは脂身が多いと肉と脂身で2つの味が楽しめる。その脂身は1日たつと白くなり、シコシコした歯ごたえでまた夕食とは違った味わいになる。

そんな毎日が中学と高校の6年間続いた。

それじゃあ、さすがにもうそんな食事は嫌だろうと言うと、ボクはそれが大好物になってしまったのである。

もうひとつ、小学校の時から母が作るお弁当がある。遠足とか運動会などどうしてもお弁当が必要な時に、ものぐさな母が決まって作るお弁当はおいなりさん。

それも一度に何十個も作るのである。おかげで前日の夕食も、当日の朝食もおいなりさん。もちろん弁当もおいなりさん。そして帰ってきた日の夕食もおいなりさんなのである。

おかげで僕のもうひとつの好物はおいなりさんになってしまった。

つくづくボクは環境適応能力のある人間だなあと思う。普通は飽き飽きして嫌いになるものが逆に大好物になってしまうのだから。

きむらゆういち●1948年生まれ。『あらしのよるに』(講談社)で講談社出版文化賞など多くの賞を受賞。絵本・童話創作、コミック、エッセイ、小説など、著書は600冊を超え、国内外で読み継がれている。

祖母のラーメン

あさのあつこ（作家）

家族での食事、食卓というと、人はどんな光景を思い出として持つのだろう。わたしぐらいの年代だと、まだちゃぶ台が出てくるだろうか。丸い飯台を囲んで両親と子ども（二人ぐらい？）が座り、楽し気に食事をしている、まさに昭和の図だ。鍋料理を思う人も、唐揚げが浮かぶ人も、カレーの味がよみがえる人も、一家団欒《だんらん》の雰囲気だけをぼんやりと思い出す人もいるだろう。

わたしはラーメンだ。

祖母の手作りのラーメン。

手作りといっても、祖母はプロだった。小さいながら食堂の経営者であり料理人であったのだ。わたしの家は父も母も公務員として働いていた、つまり、共働き家庭だった。高校の教諭だった母はたいてい帰りが遅く、父は単身赴任で不在の日が多かった。いきおい、わたしたち（わたしと姉と弟）は、祖母に世話されることになる。小学校から帰るとすぐ、わたしたちは祖母の食堂に駆けこんだ。育ち盛りだ。お腹《なか》は底無しに減る。わたしは偏食の激しい子で給食を半分以上残すことがざらだったから、家に帰り着くころには耐え難いほどの空腹に見舞われて呻《うめ》いていた。

祖母の店の厨房《ちゆうぼう》の隅に、木製の古くて小さな机があった。わたしは、ほぼ毎日、そこで祖母のラーメンを食した。昆布と鶏ガラと野菜でスープをとった、あっさりした醬油《しようゆ》味だった。そこに、たっぷりのもやしとメンマと蒲鉾《かまぼこ》と祖母特製の豚肉（チャーシューではなくて、豚肉を甘辛く煮た物だった）が入っていた。店のメニューとまったく同じ一品だ。その美味なこと！　空《す》き切った胃袋にも心にも染み込むほどに美味《おい》しい。うどんも丼物も定食もあったけれど、わたしはラーメンが一等、好きだった。ラーメンをすすりながら、わたしは食堂のお客（ほとんどが顔馴染《なじ》み）や魚屋さんや鶏屋さんや酒屋さんが出入りする様子を見、その話を聞いた。

わたしは、厨房の片隅から世界を眺めていたのだ。

この世界にはいろんな人がいる。様々な想《おも》いが溢《あふ》れている。それを学んでいたのだ。そう気が付いたのは、ずい分と年を経てからだったが。

父も母も亡くなった。祖母も鬼籍に入って久しい。

田舎《いなか》町の小さな食堂の小さな厨房での食事は、団欒とも家族の光景とも無縁のものだろう。ちゃんとした食事ではなく間食に近い。父母や姉弟と笑いながらご飯を食べた思い出もいっぱいある。なのに、わたしの食事に関わる記憶は、いつも祖母のラーメンに繋《つな》がってしまう。大人になって、幾度か挑戦したけれど駄目だった。わたしに世界を教えてくれたあの味を、まだ再現できずにいる。

あさのあつこ●1954年、岡山県生まれ。青山学院大学文学部卒業。小学校の教諭を務めた後、作家デビュー。小説『バッテリー』（KADOKAWA）はベストセラーに。

ケニアのケニヤジ

森 優子（旅行エッセイスト）

かれこれ30年前、東アフリカのケニアを旅した時の話。フラミンゴが群生する湖のあるナクルという田舎《いなか》町の食堂で、私は一枚の皿を前に呆然《ぼうぜん》としていた。皿に載っていたのは「ウガリの野菜スープがけ」。ウガリとは、トウモロコシやイモの粉を練って蒸した当地の主食。そして呆然の理由は、粒子の粗いういろうのような食感のそれを、いくら噛《か》めども己の食道が拒絶して押し返したからだ。好き嫌いがなく、何でもおいしがれる鈍感な舌がむしろ自慢だったのに。

ただし、そのときに湧いたのは不快感ではなく、疎外感に近かった。私はアフリカに受け入れてはもらえないのだろうか、と。

それでもやっぱり腹は減る。というわけで、翌日、気を取り直して同じ食堂へ行き、今度は隣のおやじさんが食べていた視覚的にうまそうな料理を注文してみることにした。

「あれを私にもひとつ。何という料理か？」

「ケニヤジ」

幸い、それが大ヒットだったのである。マッシュポテトに鶏と野菜のシチューをかけた料理で、なんとも言えぬコクがある。

そこで給仕の男性に「作り方を知りたい」と申し出たところ、あれよと言う間に中庭へと導かれ、そこにいたダイナマイトボディーの娘さんとジャガイモの皮をむく展開と相成った。彼女の名はスワヒリ語で天使を意味するマライカ。ところが私が皮をむき始めると、天使は容赦なくゲタゲタ笑うのだった。

「あんたのむき方、ヘンだねえ！」

どうやら、鉛筆を削るように皮を前方にむき飛ばすのがここでのスタンダードらしい。

やがてケニア式のむき方が板につき、中庭に落ちる影も傾いてきた。そしてとうとうマライカが去ったところで、例の男が私に一皿のケニヤジを「喰《く》え」と差し出してきた。

「あの〜。で、ケニヤジの作り方は？」

すると彼は「ああ」と思い出したように、一枚の袋を私に見せた。するとそこにはなんと、こんな文字が嬉《うれ》しそうに躍っていたのである。

「お手軽♪　インスタント・ケニヤジの素《もと》」

その日に乗る予定だった列車にはとっくに間に合わないので、私はもう一夜をナクルの宿で過ごした。腱鞘炎《けんしょうえん》になりそうな指をさすりながら、星座が判別できないほど大量に瞬く星を窓から見上げる。

自力でむいたイモのケニヤジは、間違いなくうまかった。ああ、そうだとも。少なくともケニヤジは、私を拒まなかったのだから。

もりゆうこ●1967年、大阪生まれ。ガイドブックの編集者を経て独立。『女性のためのトラブル知らずの海外旅行術』（晶文社）など著書多数。軽妙なトーク、豊富なイラストと写真で展開する講演会も人気。

ピーマン入りのミートソース

碧野 圭（作家）

大学進学と同時に親元を離れたから、私は母に料理を習わなかった。だから、子どもができて毎日の食事作りをすることになった時、とても困ることになった。単体の料理を作るのはさほど難しくない。料理本通りに作ればなんとかなる。しかし、家族の好みや栄養を考慮しながら、素材を使い切れるような献立を毎日考えることはとても難しい。献立作りの基準をどうするか、というところから考えなければならなかったのだ。また、毎日一から食事作りを始めていては時間が掛かる。それで本を読んだり、先輩主婦に教えてもらったりして、ひとつの素材を何種類かに作り替えたり、常備菜の作り置きをすることなどもだんだん覚えていった。

そうして自分のものにしたレシピのひとつに、合挽《び》き肉と玉ねぎ、ピーマン、人参《にんじん》の炒《いた》めものがある。野菜をみじん切りにして合挽き肉と炒め、ジップロックに入れて薄く延ばして冷凍する。必要な時だけぱきんと折って使うのだが、これがなかなか便利なのだ。マッシュポテトと混ぜて丸めて揚げればコロッケに、卵に入れればオムレツ、トマトソースと混ぜればスパゲッティミートソースが簡単にできるし、ご飯と混ぜてチャーハンの具にもできる。これなら子どもも人参やピーマンを嫌がらずに食べてくれるし、忙しい時にこそ活躍の場が多い。こうした食材を常備することが自分では誇らしかった。自分の努力で主婦力を上げていった、という気がしていた。

そんなある時、田舎《いなか》から母が訪ねてきた。お昼に冷凍庫の常備菜を使ってスパゲッティミートソースを作った。母はそれを見て、

「あなたもやっぱりピーマンを入れるのね」

と、嬉《うれ》しそうに言う。それで初めて気がついた。これは母のオリジナルだということに。

ふつうのミートソースのレシピにはピーマンは書かれていない。コロッケに入る野菜は玉ねぎだけだ。母は常備菜としては作っていなかったけど、コロッケやミートソースには必ず人参やピーマンも混ぜ込んでいた。それが正しいレシピだと私が思い込むくらい。

母から何も学ばなかった、というのは思い違いだ。母の作った食事を毎日食べる、それだけで知らず知らずのうちに学んでいたことがいろいろあったのだ。きっとうちの子たちも、ミートソースにはピーマンが入っていると信じて疑わないだろう。私はひじきもきんぴらも作るのは苦手だが、これだけは我が家の味として子どもにも伝えているのかもしれない。

あおの　けい●1959年生まれ。東京学芸大学教育学部卒業。フリーライター、出版社勤務を経て、2006年に作家デビュー。『書店ガール3』(PHP研究所)で静岡書店大賞「映像化したい文庫部門」受賞。

味の記憶のリピート

根本きこ（フードコーディネーター）

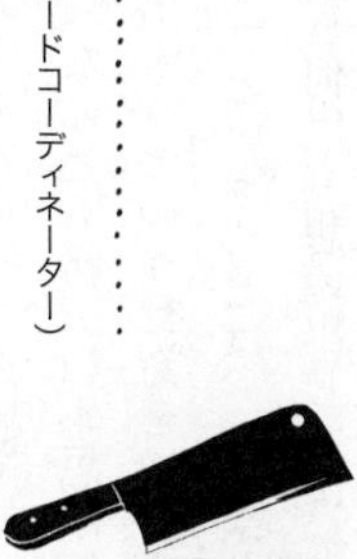

若い頃、旅の行き先はアジアがほとんどだった。
その理由はいくつかあって、たとえば滞在費がうんと安く済んだり、暑い国だから持ち物が少なくてよかったりと、お金はなくとも時間だけは両手に余るほどあった当時のわたしにとって、アジア圏は最適な渡航場所だった。
そしてここ沖縄も、確かに南国である。暮らし始めて12年も経過した今もなお、ふいうちに異国の風景を見せつけられては「はっ」としている。いや、「キュン」としている。
大きな台風さえなければ、一年中あちこちにパパイヤやバナナがなり茂っていて、殊にパパイヤはどんな過酷な場所でも条件さえ合えば、にょきにょきと逞《たくま》しい幹をたちまち伸ばし、形のよいギザギザの葉をひらめかす。映画「青いパパイヤの香り」で、この実を鉈《なた》のような刃物でさっくりと半分に割ると、中からおびただしい数の白い種がごっそりと現れ、果肉から白い液体がじわーっとにじみ出るシーンがある。まるで作り物のように精巧で奇妙な白い種々、そしてしたたる白い液体。この映画を撮った、トラン・アン・ユン監督の美意識に、当時20歳そこそこだったわたしの胸はすっかり射抜かれた。そしてそんな特別だった青いパパイヤも、今では我が家の日常のおかずとなっている。まったく、どこで人生は繋《つな》がり合うのかわからない。沖縄には他にもたくさんの亜熱帯特有の果物《くだもの》が実る。マンゴー、パイナップル、レイシ（ライチ）、ドラゴンフルーツ、パッションフルーツ、バンシルー（グァバ）。過去にアジアの市場を歩いては、嬉々《きき》として買い求めた果物がこの島にはあるのだから、なんとも再三に不思議に思う。

そういえば、「記憶」というものは、「想《おも》い出す」という行為を通して浮かび上がるものらしい。なので、「ずっと覚えている」ということは、「ずっと記憶を反芻《はんすう》している」ということに他ならない。何度も何度も想い出しては、「新しく」

記憶している。その再生機能はそのときの心境と密接に関わっているので、いつの間にかアレンジしている可能性も大いにある。それは「味」も同じだろう。「舌」という身体の感覚（味覚）と記憶が一致しない場合、「あのときの自分」と「今の自分」の違いをまざまざと見せつけられる。とはいえ厳密には昨日と今日の自分でさえも同一ではないらしいから、「自分」という存在が実に曖昧なものだと知る。

わたしはここに着地するまで、何度も何度もアジアの国々を想い出し、そこで食べた味の記憶を呼び戻し、自分の家の台所でなんとか再現しようと試みてきた。こうして今、南に住み、青いパパイヤを千切りに出来るのも、度が過ぎた想い出し作業が引き寄せた結果なのかも知れない。「まさか」と思いつつも、記憶再現による現実への影響を考えてしまうのは、いささか妄想が行き過ぎだろうか。

ねもときこ●1974年生まれ。逗子《ずし》でカフェを営みながら、フードコーディネーターとして活躍していたが、2011年、家族で沖縄に移住。『根本きこの島ぐらし島りょうり』（祥伝社）など著書多数。

食卓の上の四季

山口花（作家）

わたしの母は料理が苦手だった。かくいうわたしも苦手。きっとそれは、母に似たのだろう、そう思う。

母は働き者だった。だから、食事を作る時間には、もうすでにぐったりと疲れていたのかもしれない。朝から晩まで働いた母が作る夕食。必ず家族みんなで「いただきます」をした。

母は料理のレパートリーが少なかった。和食がメインで、いつも濃いめの味付け。食材を焼くだけ、煮るだけ、炒《いた》めるだけ。そんな料理だったけれど、とにかくいつでも旬のものが食卓に並んでいた。特に夏。ナスにピーマン、トマトが並んだ。ナスにいたっては、漬物、焼きナス、味噌《みそ》汁、揚げ浸し。どの皿の中にもナスがあった。

食べ盛りのわたしは、なぜこんなにナスばかり食べなくちゃならないのだろう？　そんなことを思いながら、来る日も来る日も出されるままナスを食べていた。

おかげで、わたしは知らぬ間に旬の食材を覚えることができた。春のタケノコの歯ごたえ、山菜の苦味。夏野菜の旨《うま》み、すいかの甘み。秋の新米の艶と天然まいたけの香り。冬のお大根のみずみずしさ。

母は料理を通して、わたしに季節を教えてくれていた。小さな家の小さな食卓の上で、母は四季をみせてくれていたのだ。

そのことに気がついたのは、わたしが家族をもってからだ。苦手な料理。どうしたらいいのか悩んでいたときに、自分はなにを食べてきたのだろう？　そう考えて、思い出したのだ。ああ、そういえば、食卓には季節の野菜、旬の食材が並んでいた。

それだ！　それでいい！　それに気づいてからは、心の中でくすぶっていたなにかモヤモヤしたものが、サッと晴れていった。なぜ、こんなに大切なことを今の今まで思い出さなかったのだろう。わたしは空を見上げて呟《つぶや》いた。

「母さん！　ありがとう」

今も我が家の食卓には季節の野菜、旬の食材が並ぶ。息子が生まれてからもそれは変わらない。食べようが食べまいが、食卓には季節の野菜、旬の食材が並ぶ。簡単な調理方法と最低限の味付けで。

春になると、家を離れ、ひとり暮らしを始める息子。わたしは息子に「食卓の上の四季」を渡すことができただろうか？　いつか気づいてくれるだろうか？

そんなことを思いながら、わたしは今日も季節の野菜を炊いている。

やまぐちはな●1968年、新潟県生まれ。広告代理店でコピーライターとして働き、その後ライターを経て、2012年に作家デビュー。著書に『犬から聞いた素敵な言葉』（東邦出版）がある。山形県在住。

生まれ変わっても唐揚げ

中島未月（詩人）

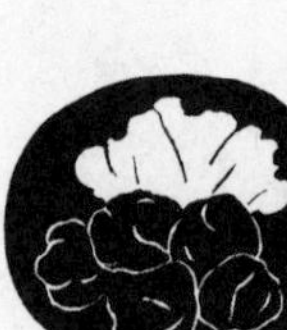

半年前、うちで飼っていたミニチュアダックスが死んだ。

ララという穏やかな性格の美しい犬で、夫はその犬をそれはもう溺愛していた。犬が死んでから、夫はたびたび、「俺、生まれ変わったら犬になりたい」と冗談とも本気ともつかないことを口走るようになった。

「じゃあ、そのときは私があなたを飼ってあげる」と言うと、夫はすかさず、

「それはイヤだ」と言う。

「だっておまえ、エサの時間とかよく忘れるし」

「俺、できればカヨさんに飼われたい」

え、なぜここでカヨさんが登場するの？

カヨさんというのは近所に住む私の友人だ。美人で社交的、面倒見のいい彼女は、3年前に飼い始めた豆柴《まめしば》のエリーをこよなく愛している。広くて清潔なリビングには犬専用のカーペットが敷かれ、食事は茹《ゆ》でた野菜やささみを刻んだ手作り。もちろん、洋服もすべて彼女のお手製だ。

私がカヨさんの犬の話をよくするので、夫の脳内で理想的な飼い主としてとっさに彼女が浮かんだのだろう。

犬モードの夫の妄想はさらに続く。

「晩御飯は、唐揚げがいい」

「あと、できれば晩酌もお願いします」

「冷えた白ワインで」

犬が晩酌、と突っ込みたいところだけれど。ちょうど食事どきの会話で、ふと夫に目を向けると、ワイングラスを持つ手が前足に見えてきて、なんだか話を続けるのがばかばかしくて可笑《おか》しくなった。

要するに、唐揚げと冷えた白ワインなのね。私は心の中でつぶやいた。そして、なるほどと気づいた。生まれ変わっても食べたいものこそ、大切な味だということに。そういえばもう大人になった子どもたちも、唐揚げが大好きだった。

わが家の唐揚げは「ママの」という形容詞をつけて「ママの唐揚げ」と呼ばれている。醬油《しょうゆ》とみりんベースの漬けだれに、生姜《しょうが》とにんにく、リンゴと玉ねぎのすりおろしを入れて、隠し味は一味とゴマ油。そこへ鶏肉と小麦粉、片栗粉《かたくりこ》を入れて3時間ほど味を沁《し》みこませる。複雑に色々な味が絡んでいるから、柔らかくてジューシーなのだが、複雑ゆえに揚げたての色がよくない。茶色くて、ふにゃりとした見栄えなのだ。

いつだったか、下味をつけた鶏肉に仕上げの粉をまぶして、市販のフライドチキンのようにサクッと揚げたことがあった。いい感じだと思ったのは私だけで、「これは、ママの唐揚げじゃない」と家族全員に不評だった。サクッとしたのはダメで、茶色くて柔らかいのがうちの唐揚げらしい。

見た目ではないのだ、と思う。

子どもたちの成長に合わせて、家族の好みに合わせて、少しずつ足し算や引き算をくり返して出来上がったわが家の味。それは積み重ねてきた食卓の光景と合わせて、家族だけが共有する特別な味なのだろう。
さて、このレシピをカヨさんに伝えておくべきかどうか。悩むところである。

なかじまみずき●1965年生まれ。コピーライター。五行歌人。2男2女の母。ブログ「はれ、ことば」は読むだけで心が晴れると人気に。『あなたに会えてよかった』（PHP研究所）など著書多数。

具なしみそ汁

飛田和緒（料理家）

中学一年生の娘は食べることが大好き。わたしの仕事柄とも思うし、夫もわたしも食べるのも飲むのも好きだから、自然とそうなったのかもしれないし、小さな頃から何でも食べさせていたからか、好き嫌いなく育ったのも食べるのが好きにつながったのかもしれない。

この娘が最近料理に意見や感想を言うようになった。うるさいことを言うというよりは、子供のまっすぐな目線での一言で、切り方は薄いほうがおいしく感じるとか、時間がたったほうがおいしかったとか。ただおいしいだけでないのが、うれしい。

先日はおみそ汁の具は何がいいと聞いたら、具なしみそ汁がいいと言う。幼稚園の面接で好きな食べ物を聞かれて、おみそ汁と渋い答えで、先生が笑ってしまったという思い出話もあるくらい、おみそ汁が大好物。離乳食で、だしで煮た野菜を毎日食べさせていたから、だし好きなのかもしれない。

香りのいいだしにさっとみそをといた煮えばなのおみそ汁。だしとみその味だけで勝負するのだから、作るほうも手をぬけない。

実はわたしも具なしで好きなものがいくつかある。たまごとだしだけでやわらかく作る茶碗《ちゃわん》蒸し。ホワイトクリームとマカロニだけで作るグラタン。たっぷりのクリームソースにマカロニが浮いているくらいが好き。薬味だけがのったにゅうめん、カレーライスはたまねぎもじゃがいもも入るけど、具が溶けてしまったくらいのが好きだったりする。お雑煮も少しとろけたお餅とだしだけでいい。究極の具なしではないけれど、通じるものはある。

だから具なしのみそ汁と言われた時にははっとさせられた。その手があったかと。やっぱり親子だなと思うけど、娘が具なしの茶碗蒸しを好むかどうかはまだ不明。好みをおしつけてしまうのが嫌だから、わたしが具なしを好むことはまだ伝えていない。具なしみそ汁以来、何が彼女の胃袋をつかむのか、思いもつかないリクエストがくるのを日々楽しみにしている。

ちなみにうちのおみそ汁のだしは何種かあり、かつお、あご、煮干し、昆布の四種を順繰りに作る。2リットルのボトルに水とだしの素《もと》となる昆布やかつおぶしを入れ、ひと晩おくと、水だしの出来上がり。使い終わると、次のだしを作り、二日三日ごとにだしがかわるという具合。

パン食でもみそ汁がつく食卓で育ったので、どんな献立にも汁ものを必ずつけたいから、すぐにできるようにだしの用意は欠かさない。

ひだかずを●1964年、東京都生まれ。身近な食材を使った手軽なレシピが人気。夫と娘とともに、海辺の街に暮らしている。『みその本』(KADOKAWA)など著書多数。

死ぬほど不味い給食

みうらじゅん（イラストレーターなど）

食というものにこだわりどころか、ようやく興味を持ち始めたのは30代半ばから。

その奥手になった理由を考えるに小学校時代の給食が先《ま》ず、挙げられる。後にも先にもあれほど不味《まず》いものを食わされた経験はない。その評価に三ツ星を付けるなら満点。最上級の言葉を添えるなら「死ぬほど不味い」である。

戦後といっても僕が生まれたのはその13年後。日本に高度成長期が訪れる少し前。

両親の頑張りもあって一応、中流家庭に育った僕は何不自由なく小学校に上がったのだけど、唯一、給食だけはいただけなかった。

「残さず食べろ」

と、担任教師に言われ、昼、給食当番が運んでくる献立を前に毎回、絶句した。〝殺す気か！〟

アルマイトのお盆を見ただけでも食欲減退なのに、のっかっているものはコッペパン一個。当然、焼いてもないし、そこにバターならぬマーガリンを塗って食べろという。当時のマーガリンは本当、不味かった。たまにマーマレードとかいうジュルジュルした液体の中にオレンジ色のこれまた不味いミカンの皮のようなものが入っており、飲み込むしか術《すべ》はない。おかずはパンに全く合わないひじきの煮物やおからが多かった。

何の魚か分からない切り身の中から釣り針が出てきたこともあったし、野菜はゴツゴツとしたシンの部分が多量に入っていたし、肉が出てきた思い出なんてない。それに加え、脱脂粉乳という世界一不味い飲みものが僕を大層、苦しめた。

小六の時、ようやく牛乳になったけど、やたら薄かった。それも給食室の大きな中華鍋で一度、瓶から出し水で薄めているところを目撃して以来、飲めなくなった。

「やったぁー！　揚げパンや」と、クラスの中には喜ぶ奴《やつ》もいたけど、使い古された油で僕はえずきっ放し。

食べ残した者は放課後、居残り。これは昭和40年代の鉄則。メンバーは決まって三人。同じ顔ぶれだ。不味い上に冷え切っている。プロともなると持参したビニール袋に給食を流し込み、帰り道のドブに捨てるのが常であったが、封筒に入れた給食費を先生に渡す時、何だかとてもやるせなかった。

あぁ、そんな思い出がトラウマとなり、食に興味すら持てなくなっていたのだが、ようやく30代半ばで呪縛が解かれた。だから、戦争はよくない。今更ながら思う僕なんだ。

みうらじゅん●1958年、京都府生まれ。武蔵野美術大学在学中に漫画家デビュー。以降、作家、イラストレーター、ミュージシャンなど多岐にわたり活躍中。『人生エロエロ』（文藝春秋）など著書多数。

パンのひみつ

小手鞠るい（小説家）

自分でパンを焼くようになったのは、アメリカに引っ越してきてからだった。家のキッチンに、パン屋さんがオープンできそうなくらい大きなオーブンが備え付けられていたからだ。町の本屋さんでレシピブックを買ってきて、アメリカンマフィン、スコーン、バナナブレッド……などなどなどの日々が始まり、うちのオーブンは冷める暇もなかった。

この働き者のオーブンが一時期、すっかり冷たくなっていたことがあった。我が子のように可愛《かわい》がっていた猫に死なれたときだった。パンもお菓子も焼く気が起こらず、毎日、めそめそ泣いてばかりいた。顔を合わせると猫のことを思い出して悲しくなるので、夫と私はひとつ屋根の下に住んでいながら、なるべく顔を合わせないようにしていた。ふたりでいると喜びは確かに二倍になるが、悲しみもまた、二倍になるものなのだと思い知った。

そんなある日のこと、近所のパン屋さんが閉まっていたので、仕方なく、パンを焼くことにした。猫に旅立たれてから、半年くらいが過ぎていただろうか。

家の中に久方ぶりに、パンの焼ける香ばしい香りが漂ってきた。二階へ上がって用事を済ませて、そろそろ焼き上がる頃だと思ってキッチンへおりていき、オーブンをあけてみると……なんと、パンが消えているではないか！　いったいどこへ？

パン泥棒は夫だった。彼は焼き上がったパンをこっそり自分の部屋へ持っていき、一斤ぺろりと平らげてしまっていたのだ。私たちは顔を見合わせて大笑いした。猫が亡くなって以来、家から消えていた笑いがもどってきた。天国で、猫もいっしょに笑ってくれているのがわかった。「いつまでも泣いてばかりいないで、ふたりでちゃんと仲良くしてよ」と言われたような気がした。

パンには人の心を慰め、優しく癒し、励ましてくれる力がある。冷めた夫婦の仲まであたためてくれる。パンのひみつに気づいた私は、それから十数年後に、パンをテーマにした童話を書いた。『ねこの町のリリアのパン』という作品だ。パンは書き上げたとき、パンにはもうひとつ、大いなる力があるのだと知った。パンは私に物語を運んできてくれる。パンは私のミューズだったのだ。仕事が難航したら、私はいつもパンを焼くことにしている。このエッセイを書き終えたら、ナッツとドライフルーツのたっぷり入った「ヒミツパン」の生地の仕込みを始めよう。

こでまりるい●1956年、岡山県生まれ。24歳のとき、やなせたかし氏が編集長の雑誌『詩とメルヘン』の年間賞を受賞し、詩人としてデビュー。『ごはん食べにおいでよ』(講談社)など著書多数。

母とわたしの昼ごはん

服部みれい（文筆家、詩人）

最近になってよく思い出すのは母との昼食である。

小学生だった頃、当時はまだ土曜日に午前中だけ学校があって、もちろんお昼ごはんは家に帰って食べるわけだが、なぜだかこの昼下がりの食事の光景がよく蘇《よみがえ》る。

一人っ子だったわたしと母とのふたりの昼食は、とってもリラックスしたものだった。気楽なカレーライスとか、鉄板ナポリタン（楕円《だえん》形の熱々の鉄板にナポリタンが盛りつけてあって、卵でとじてある）とか、気軽で食べやすいものが多かった。父が食べないぶん、気が抜けていたのかも。テレビで吉本《よしもと》新喜劇なんかを見て笑いながら食べた。

ミートソーススパゲッティなんて、もう、最高だった。玉ねぎ、人参《にんじん》、ひき肉がしっかり炒《いた》めてあって、トマト缶なんてない時代だからケチャップとソースで甘く濃密に味つけがしてある。やわらかく茹《ゆ》でた、(パスタではなくて)スパゲッティに、ぽってりとしたミートソースがこんもりと盛りつけてあって、口の周りを赤くべとべとにして食べた。

死人に口なし、で、母がいかにサボったかということを書くと、天国から絵文字だらけのメールが届きそうだけれど、時に非常に手抜きの昼食もあって、それは、サツマイモをふかしただけというものだった。ところがこのお昼もわたしはとっても好きだったのである。ほくほくのサツマイモに、バターをたっぷりのっけて食べるのだが、どうだろう、母が手抜きしたという感じも小気味好《よ》く、共犯者みたいでたのしかったのかも。

そんな母のレシピを、拙著『あたらしい食のABC』(WAVE出版)というエッセイ集で、どうして載せることになったのか、今となっては記憶が曖昧である。しかも、結構な分量の昭和のレシピを載せた。タイトルは、「あまりにふつうすぎて料理本にはあらためて載らなそうな母の味たち」。

例えば、春の項には、「新玉ねぎと卵のスープ」、「新玉ねぎの串カツ」、「空豆のカレースープ」、「ほお葉寿司」、「ポテトコロッケ」といった「ザ・主婦の味」がずらりと並んでいる。タイトルを見るだけで、口の中に子どもの頃食べた味が広がって娘としてはうっとりしてしまうのだが、母はのちに、この本に参加したことを激しく後悔していた。

なんでも、料理家・辰巳芳子《たつみよしこ》さんの「天のしずく」という映画を観《み》て、自分のような「主婦」の凡庸なレシピがあのような印刷物になったことが悔やまれてならず、「おかあさん、顔から火が出るほど恥ずかしかったわよ！」と電話口で叫んでいた。わたしは「おかあさん、辰巳先生と自分を比べないで！」と叫び返したが、当時、肝臓がんですでに相当体調が悪かった母が、熱心にレシピを書いてファックスしてくれたのは、後にも先にもありがたく、母の死後、よい思い出になった。

母のレシピを見直していたら、いじらしい母の姿を思い出して、少し涙が出てきた。

はっとりみれい●1970年生まれ。マーマーマガジン編集長。著書に『好きに食べたい』（毎日新聞出版）、『自分をたいせつにする本』（ちくまプリマー新書）ほか多数。「声のメルマガ」配信中。

泣き虫のマカロニグラタン

ナカムラユキ（イラストレーター）

私の母は、部屋の片付けはからっきしだめな方だが、料理を作ることは得意だったようで、何でも手間をおしまず時間をかけて作っていた。学生時代、私の留守の間に友人達へ度々チャンポンを振舞っていたので、〝美味《おい》しいものを食べさせてくれる名物母ちゃん〟だった。

母が作る料理の中でもハンバーグやエビフライ、シチューなど洋食が大好きだった。オーブンがわが家にやってきてからは、マカロニグラタンが私の好物の首位に躍り出ていた。

10歳頃のある日のこと、晩ご飯はマカロニグラタン！　と聞き、一目散にオーブンの前に駆け寄り、目をきらきらとさせて中をのぞく。表面からこんがりと焼けたマカロニが顔をのぞかせ、パセリのみじん切りをぱらぱらっとふりかけ完成された出来立てほやほやのマカロニグラタン。「出来たよー。はい！　持っていってー」母の合図と同時に、私は、両手にミトンをつけ細長い耐熱皿のつまみの両端をそっと持ちながら、顔を近づける。とろとろのホワイトソース、パルメザンチーズの香りが鼻先をくすぐる。「あ〜いい匂いやねー。早く食べたーい！」浮き立つ気持ちを抑えつつ、そっと注意深く運び始めた。台所から居間のテーブルまでは10歩程度。間の細長い部屋にピアノが置いてあり、その横を通りぬけてゆく。

あともう少しという時だった。「あああああ！！！」敷居につまずき、見事にグラタンをぶちまけてしまったのだった。まるで漫画のヒトコマのように前向きにつんのめってバタンと激しく転んだので、ピアノや畳、タンス、壁、それはもうそこらじゅうがホワイトソースだらけとなってしまった。当然、大泣きである。くやしくてしばらくの間泣き続けていた。畳の上に散らばったマカロニを指でひとつずつお皿に入れながら、しゃくりあげて泣きじゃくっていた。母は「もーよかよか」（博多弁で「もういいよ」という意味）と笑い飛ばしていた。結局は出来上がっていたもうひとつのグラタンを兄と二人で分け合うという結末に。

その日のことは記憶に深く刻み込まれ、かれこれ40数年経《た》っても、マカロニグラタンを食べるたびに家中がホワイトソースの香りに包まれてしまったことを思い出す。家族と過ごした少女の頃のとても大切な時間は、マカロニグラタンとともにこれからもずっと美味しい想《おも》い出として生き続けていくだろう。

なかむらゆき●1965年、福岡県生まれ。京都育ち。イラストレーター、オリジナルテキスタイルブランド「プティ・タ・プティ」のデザイン、企画を担う。『京都レトロ散歩』（PHP研究所）など著書多数。

バタートースト

一田憲子（フリーライター、編集者）

私の毎日の朝食は、トーストと紅茶とヨーグルトをかけたコンポートだ。しかも、トーストは横浜の山手の住宅街に週に3日だけオープンするという小さなパン屋「オン・ザ・ディッシュ」の「コットン」という名の食パン、ジャムは自分で春先に一年分を煮る文旦《ぶんたん》ジャム、紅茶は「あまたま農園」の「天の紅茶」とかなり頑固に決まっている。コンポートは、洋ナシだったり、桃だったり、季節の果物《くだもの》を氷砂糖と白ワインで煮ておく。

３６５日同じでいい。自分の「ベスト」を集めたこの朝食は、私の心の安定を保ってくれている、と言えば大袈裟《おおげさ》だろうか？　例えば、たまたまいつもの食パンが切れて、街で買ったパンを食べると、大いにがっかりする。一日の始まりが色あせてしまった気分になるのだ。

「たまには、旅館みたいな、ご飯に味噌《みそ》汁に焼きジャケに卵焼きが食べたいなあ」という連れ合いのつぶやきも聞こえないふりをして、私は頑《かたく》なにこの朝食スタイルを貫いてきた。

特にバタートーストが重要で、中身がみっしり詰まった食パンをカリッと焼いて、バターをてんこ盛りに塗って食べる。

それにしても、どうして私はこんなにもバタートーストを偏愛しているのだろう？　と考えてみたら、ふと浮かんできた風景がある。子供の頃過ごした社宅の板の間で祖母がダイニングテーブルに座って、バタートーストを食べているのである。軍人だった祖父が駐在武官として海外で暮らしていたこともあって、我が家の朝食は、かなり昔から紅茶とトーストだった。私は遅く起きてきた祖母がトーストにバターを塗っている横にひっついて、バターナイフについたバターを舐《な》めさせてもらうのが大好きだった。

バターだけを舐めるなんて、なんてヘンな子供だったんだろうと思うけれど、当時は、香ばしいトーストの匂いが満ちた台所で、冷えたバターをちょこっと舐める。それが至福のひと時だったのだ。

その後、私が中学高校に入っても、就職した後も、ずっと我が家の朝食はバタートーストと紅茶だった。サラダも卵もないシンプルな朝食。今でも、トーストにバターを塗っていると、祖母の姿が浮かんでくる。特に誰かに語ることもないけれど、確かに私の中に宿っている風景……。あのころ舐めたバターの味が忘れられなくて、私は頑なに毎朝バタートーストを食べ続けているのかもしれない。

いちだのりこ●フリーライターとして女性誌や単行本で活躍中。『暮らしのおへそ』『大人になったら着たい服』（以上、主婦と生活社）では、編集ディレクターとして、企画から編集、執筆までを手がける。

庭バーベキュー

甲斐みのり（エッセイスト）

長袖のカーディガンを羽織ることなく、一日中半袖で過ごせる季節になると、家族の中で最年少の私は、ふわふわと気が浮き立つ。「お母さん、今度の休みに、庭バーベキューしようよ」。目覚めてすぐ、台所に立つ母の元に駆けていき、頷《うなず》いてもらえるまでエプロンを引っ張った。休日に車で出かける先はいつも父と母が決めていたが、誕生日やクリスマスなど、家の中で催すイベントごとは、末っ子の私が幹事役を引き受けた。誕生日やクリスマスにはプログラムを組み、出し物や飾り付けを考える。母の手料理やデザートのリクエストも、肝心な一仕事。毎年決まった日にやってくる年中行事と同じくらい、〝なんでもない日の家族の集い〟も、子どもながら大事に思っていたから、手軽にみんなで特別な

気分を味わえることを、常に父や母に提案していた。

〝庭バーベキュー〟は、初夏から秋にかけての定番。私の思いつきの中でも、家族から賛同を得やすい催しだった。庭に大きなゴザを敷き、ちゃぶ台の上にホットプレートを置く。電源は延長コードを使って家の中から取るので、火をおこす必要もない。カゴ盛りの野菜や肉を、ホットプレートで焼いて味わうだけ。私の故郷は静岡県富士宮《ふじのみや》市で、当時はまだ「焼きそばのまち」などと呼ばれてはいなかったけれど、バーベキューの最後は必ず焼きそばで締めた。

食材を切って盛るのは母。肉番は父で、野菜番は子どもたち。祖母は上手に、庭を飛び交う虫を追い払う。それぞれの役目がいつのまにか決まっていて、庭バーベキューは家族団欒《だんらん》以上に、楽しい共同作業のようでもあった。ただ素材を焼くだけだから、母の味とは言えないけれど、子どもの頃の楽しかったごはんの思い出といえば、夏から秋にかけての庭の景色が浮かんでくる。

昔のアルバムを開くと、毎年のように庭バーベキューの写真があって、枚数を重ねるごとに私も姉も、写真に写る姿が慎ましやかに変化している。最後の記憶は小学6年生。秋分の日の私の誕生日で、夕方には少し肌寒く、途中で家の中に移動して、デザートにはケーキ代わりに、おはぎを食べた。当時の私は生クリームが苦手で、母は毎年、〝バースデーおはぎ〟を作ってくれたのだ。

より楽しく、胸の高鳴りを。毎日繰り返す家族の食卓に、少しでも違った風を吹き込みたがる私の気質は、祖父母譲りらしい。他の家族は、いつもの食卓、いつもの献立を好む中、私と祖父母は、流行《はや》りや創作を取り入れたがった。性格や嗜好《しこう》が異なりながら、同じものを味わい、同じ記憶を共有する家族との日々。みな、庭バーベキューを、どんな風に覚えているだろう。

かいみのり●旅、散歩、地元パン、手みやげ、クラシック建築、暮らしや雑貨などを主なテーマに執筆。『京都おやつ旅』(PHP研究所)、『たべるたのしみ』(mille books ミルブックス)など著書は40冊以上。

アウェイに弱い主夫

高野秀行（ノンフィクション作家）

主夫をもう七年務めている。今はさほど苦労せずに朝晩料理を作り、妻からも苦情は出ていないからそれなりの主夫力がついているはず――と思いたいのだが、「ホーム」から一歩外に出ると、私の自信は突風に吹かれたバジルパウダーのように霧散する。

よその家では全然力を発揮できないからだ。

例えば、実家の母に自慢してやろうと、せっかく「納豆とアボカドのサラダ」なんて洒落《しゃれ》た料理を作ろうとしても、実家には粗挽《び》きの黒コショウもバルサミコ酢もないことに気づいて立ち往生、母親に「おまえ、それで主夫なの？」と笑われた。

また、あるときは友人宅の宴会で、「納豆と茄子《なす》のチーズ焼き」を魚焼きグリルで作って賞賛を浴びようと企《たくら》んだはいいが、片面焼きのうちのグリルとちがい、その家のグリルは両面焼き。うおっ！　両面焼きじゃ下の皿まで焼けてしまうじゃないいか。困り果てていたら、友人が寿司《すし》を炙《あぶ》るための手持ちガスバーナーを取り出して、ゴーゴーと上から炙り、見事にチーズ焼きを完成させて「すごい！」とみんなから賞賛されてしまった。

アウェイのキッチンは調味料も調理器具もちがう。そして私はそれに対応する臨機応変さに欠けている。

いちばん参ったのは、半年前、四国の四万十《しまんと》市に住む先輩宅を訪ねたとき。夕飯に一品ぐらい作って差し上げようと思ったのだが、同居する先輩のお父さん（八十七歳）が「大の魚好きで極端な甘口好き、食べるのは昔ながらの和食だけ」と聞き、しばし呆然《ぼうぜん》。私が得意とする魚料理は洋食のみだ。しかも、我が家は極端な辛党（酒好きで辛口好み）で、料理に砂糖を一切使わない。甘口の料理など作ったことがない。

史上最大級にアウェイな状況に置かれてしまったが、今度こそ臨機応変に行かねばと冷静に考えた。そして、自分のレパートリーの中で甘口にできるものとして、「あんかけ系料理」を思いついた。

さて、結果はというと、お父さんは私の料理を一口食べて、やめた。そして、それまで「まずい！」と非難していた、先輩の作った魚の煮付けを猛然と食べ出した……。

今から考えてみれば、極端な甘口好きで和食しか食べない人向けに、なぜ麻婆《マーボー》豆腐を作ったのか謎すぎる。

無念。臨機応変に間違ってしまった。ダメなのは主夫力なのか自分の人間力なのか、それすらもわからないのである。

たかのひでゆき●1966年、東京都生まれ。早稲田大学探検部在籍時に書いた『幻獣ムベンベを追え』（集英社）をきっかけに文筆活動を開始。『アヘン王国潜入記』（集英社）など著書多数。

食前食後の言葉

川村妙慶（僧侶、アナウンサー）

共働きだった両親の元で育った私には、家族そろっての食事の思い出はあまりありません。高校生のときに住職である父親を亡くしてから、母は仕事にかかる時間がさらに長くなりました。

ご門徒からは「慶子《けいこ》（俗名）ちゃんがまた冷蔵庫の中見てる」とよく言われたものです。私にとって、一人で食事をすることは日常的なことでした。

そんな私はいつしか僧侶になるべく大谷《おおたに》専修学院（東本願寺《ほんがんじ》経営）へ入学しました。学院は全寮制でしたから、師と学院生が一緒になって支度をし、食事をします。そして食卓につくと、食前食後の言葉を発するのです。

食前の言葉は、

「み光のもと　我　いま幸《さいわ》いに　この浄《きよ》き食を受く　いただきます」

気持ちを込められず暗い顔をしている私に、師は「川村君、不思議やとおもわんか？　今、いただいているサラダは緑やろ！　この緑の草は、黒い土と、青い水で育つんやな。その草を牛が食べると、草は死ぬんや。死んだ草は、牛の赤い血に生まれ、やがて白い乳として甦《よみがえ》るんやで！　これを仏さまは、『縁起』と教えてくれたんや！　川村君！　過去では寂しい食卓やったかもしれんが、仏さまの世界をいただくと、あったかい気持ちになれるんやで！　川村君をこれまで育ててくれたすべての人に感謝し、慶《よろこ》んでいただきなさい」とおっしゃったのです。私はしばらく食事する手と口をやすめて合掌することしかできませんでした。

一人の食事は寂しいものだと思っていました。今までは、テレビやラジオの音で寂しさをごまかしていました。食前に「いただきます」と言うのは、目の前のいのちをいただきますと「いのちに向き合う」言葉だったのです。

私たちは、食事をしなくては生きていくことはできません。食べるということは、他の尊いいのちをいただくことでもあります。こうして血となり私の体を巡らせてくれるのは、すべての「いのち」の犠牲があってのことなのです。食前の言葉は、そのことに思いを巡らせ、心してこの食事をいただきますという意味だったのです。

「我　いま幸いに」とは、食事があることが当たり前でなく、また多くのご縁の中で食事ができる感謝の気持ちなのです。

食後の言葉は、

「我　いま、この浄き食を終わりて、心ゆたかに力《ちから》身《み》にみつ　ごちそうさま」

「お陰で今日もこうして力をいただきました」と言えたとき、はじめて笑顔が出たのです。親はお寺を守ること、私たち兄妹を育てることで必死だった。その親心を考えると、一人であって一人ではないと感じられるようになりました。今日も「いただきます」「ごちそうさまでした」という言葉でいのちの恵みをいただきます。

かわむらみょうけい●1964年、福岡県生まれ。正念寺坊守。20年前にブログ「日替わり法話」を立ち上げ、悩み相談を行なっている。『人生が変わる　親鸞のことば』(講談社)など著書多数。

具なし茶わん蒸しができるまで

中山庸子（エッセイスト、イラストレーター）

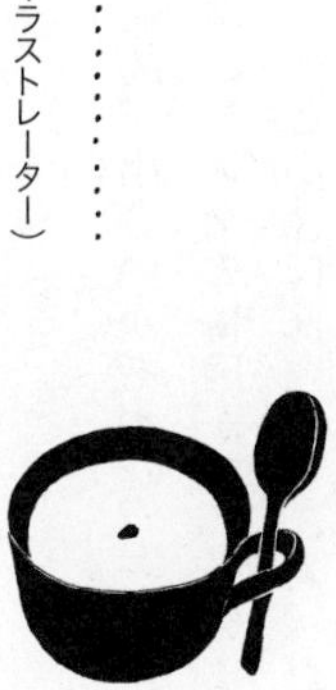

「ナカヤマさん、お夕飯の用意してきた?」。久々に一緒にテニスをやっている仲間たちとの女子会……と言っても、すでに60歳を過ぎているオバサンたちが集まってのイタリアンレストランでの夕食会だった。

「えーっと、うちは炊き込みご飯と茶わん蒸し」と私。

「すごーい、手がかかるものばっかりじゃない。えらいじゃない」と友人。

とは言え、実は具がたくさん入ったちゃんとした茶わん蒸しとは違う代物、具なしの茶わん蒸しなのだが。

私の思い出の食卓は、所狭しと母の手作り料理が並んだ小さなちゃぶ台だ。父は晩酌を楽しみにしていて、豪華なものでなくても品数が多いのを喜ぶ人だった。ひとりっ子の私は、そんな父の酒の肴《さかな》に手を伸ばしつつ、蒲鉾《かまぼこ》と鶏肉が余分に入った〈庸子スペシャル〉的な茶わん蒸しにご機嫌だったというわけだ。

その茶わん蒸しの容器は、カップにまちがって取っ手を上向きに付けてしまったような独特な形をしており、そこに茶わん蒸し用の木のスプーンが差し込めるようになっていた。だから、ちゃぶ台にその独特の器が鎮座しているのを認めると、それだけで嬉《うれ》しい気分になったものだった。

もちろん私の子供たちも、おばあちゃんの茶わん蒸しが大好きで、母も銀杏《ぎんなん》よりコーンの方がいいと言う孫のために〈孫スペシャル〉を作ってくれたのも、また懐かしい思い出になっている。一方、私の作る茶わん蒸しは具がどんどん減っていった。料理好きの母と違って食材をたくさん買い込み、長時間キッチンに居るのは好きではなかった。

そんなある日、たまたま入った和食の店で、運命的な出合いがあった。それが具の入っていない茶わん蒸しだった。ポイントに濃いピンクの梅肉が載っているのが美しい。以来、中途半端に乏しい具を入れず、卵と出汁《だし》に梅肉ちょこん、だけのシンプルな茶わん蒸しが我が家に定着した。
それでも、母から譲られた昔ながらの蒸し器が登場すると、我が孫娘ういちゃんは「わーい、今日はようこばぁばの甘くないプリンだ」と喜んでくれる。もうすぐ高校生になる彼女が、大人になって作るのは、いったいどんな茶わん蒸しなのだろうか。

なかやまようこ●女子美術大学、セツ・モードセミナー卒業。県立高校の美術講師を経て、イラストレーター、エッセイストとしての活動を始める。『70歳からのおしゃれ生活』（さくら舎）など著書多数。

煮魚の味

岸本葉子（エッセイスト）

煮魚をよく作る。鰈《かれい》は平たく、火が通りやすいので特に。かすかな泥臭さのある皮に、醤油《しょうゆ》とみりんの汁がしみている。鰭《ひれ》の部分は少しぬるつき、苦味もあって、小骨を外しつつたんねんに味わっていると、私の好みも大人になったものだなと思う。

子どもの頃は煮魚を内心あまりよろこばなかった。洋食の方が実は楽しみだった。私が小学校に上がる前は、昭和四〇年代初め。ファミレスもファストフードもなく、外食そのものをめったにしなかった頃。母がたまに作るグラタンやクリームシチュー、チキンライス、オムライスといったものが、特別な感じがして胸が躍った。それらスプーンですくえるものと比べて煮魚は、箸づかいのまだそれほど上手《うま》くない子どもには食べづらいし、色もいかにも地味である。

ある日夕飯だと呼ばれて、台所につながる四畳半の和室へ行くと、卓袱台《ちゃぶだい》の上はみごとに茶色。鰈の煮付け、白菜の煮浸し、味噌《みそ》汁。私はつい口を滑らせた。

「あ、今日は私の嫌いなものばっかり」。

言った瞬間、しまったと思った。食べ物について好き嫌いや旨《うま》い不味《まず》いをけっして言ってはいけないと、教えられている。栄養をまんべんなくとるためだろうが、父母とも両親が戦争を経験しているせいもあろう。あの頃は食べ物がなくて死んでいった人もたくさんいた、贅沢《ぜいたく》を言っては罰が当たると、日頃より聞いている。その教えをうっかり破ってしまった。どれほど怒られるかと思った。が、母は静かにひとこと「そう、なら、食べなくていい」と台所へ引っ込んだ。

虚を突かれ、それから激しく動揺した。叱られることはあっても、母に背を向けられるのははじめてだ。

その先はよく覚えていない。驚きのあまり大泣きし、夕飯抜きにはならなかった気がするから、どこかのタイミングで詫《わ》びを入れ許されたのだろう。

思い出すと、五十年も前のことなのに痛みが走る。正しくないふるまいをしたという反省以上に、母に対する罪の意識だ。母の作ったものを容赦ない言葉で否定した。幼いとは傲慢なことでもある。親が私の養育に時間と心を捧《ささ》げるのを、当たり前のように受け止めて感謝もなかった。彼らの献身に、その後の私は少しは報いることができただろうか。

煮魚の甘辛さ、かすかな苦さには、後悔の味も交じっている。

きしもとようこ●1961年、神奈川県生まれ。生活エッセイや、旅を題材にしたエッセイが同世代の女性を中心に支持を得ている。近刊『60代、かろやかに暮らす』（中央公論新社）など著書多数。

厚切りのバタートースト

どいちなつ（料理家）

「私の思い出のごはんねえ」と、締め切りギリギリまで手がつけられなかったのは予想通りで、ようやくいそいそとパソコンに向かっています。この間もいくつもの食事のエピソードは思い出され、その情景が頭に浮かんでいました。それはまるで過去を旅しているような、思いがけず良い時間となっていました。食べた味の記憶とその時の経験と感覚は、文字や写真の記録とは違って目には映らないけれど、数十年たった今でも私の身体に染み込んでいるんだなということに気づかされます。

さて前置きが長くなりましたが、初めて食べた「厚切りのバタートースト」は、母との思い出の一つとなっています。私が小学1年生の頃だったか、街で母とたまたま入った喫茶店、緊張気味に座ったカウンター席、そこに置かれたメニューから私は「トースト」という文字を見つけ、母と半分こしようと「バタートースト」を頼んでもらいました。

店員さんは棚から長い物体を出してきました。あれはなんだろうと、田舎暮らしだった私には物珍しいものばかりで、そのキッチンの一連の様子を見たものでした。長いそれは食パンで、当時の私には考えられない厚みに切り分けられました。

程なくしてトースターの中で食パンはこんがり焼きあがり、トーストとなって私たちの前に出されたのです。私は温かい牛乳とそれを口いっぱいに頬張りました。サクサクッとしてるのに中はホワッとして、子供の口には十分すぎる弾力がありました。しかもパンに染み込んだたっぷりのバターの味は、身体中に広がって、それはもう感動的な美味《おい》しさでした。

母も私と似た感覚を味わっていたに違いありません、ニンマリと頬張っていましたからね。恥ずかしげもなくおかわりする田舎の親子、私たちは厚切りのバタートーストにノックアウトだったのです。
その後、我が家でもちょっと厚めのバタートーストが登場するようになりました。言うまでもなくそれは私の好物となり、そして母とのノックアウト的感動体験の思い出となっています。バタートーストの味の記憶と一緒に、その時過ごした母との時間が至福にも似た感覚となって、私の身体にしっかりと、バターのように染み込んだのでしょう。人はそうやって誰かと何かを共に感じたり分かち合えると、それは印象に残る思い出となって、食べ物から得られる養分のように、人生の肥やしとなるのかもしれませんね。

どいちなつ●料理家。淡路島の田畑で野菜やハーブを栽培し、日々料理をする。季節を通した料理教室を開催。「心に風」の名前でハーブソルトやジャムなども作っている。Instagram @windformind

ヒマラヤの豆汁定食

石川直樹（写真家）

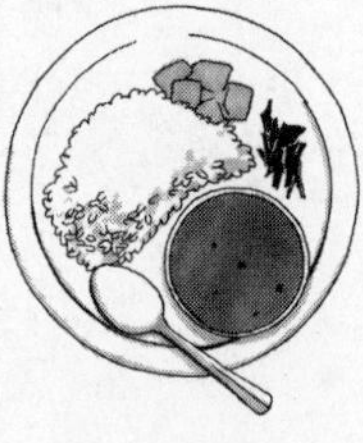

二〇一八年春、ヒマラヤのカンチェンジュンガという山を下見しに行った。カンチェンジュンガは世界で三番目の標高を誇る高峰で、ネパールとインドの国境にそびえ立つ、登るのがとても難しい山だ。でも、いつかその頂に立ちたいと思っていて、まずは麓まで下見を、と思い立っておよそ3週間の旅に出た。ヒマラヤの他地域ほど栄えていないので、人気のエベレスト街道のようにロッジが立ち並ぶこともなく、宿ともいえないような素朴な小屋を泊まり歩いて山を目指した。

小屋で出てくる食事は、ダルバートという豆汁定食一択だった。ダルバートはネパールのどこに行っても必ず食べられる国民食で、ひよこ豆を煮だした塩味のスープとごはん、そして炒《いた》めた野菜が丸い皿の上にのって出てくる、いわば定食である。

基本的におかわり自由で、ちゃんとした宿ならば、こちらから何も言わずとも、ごはんやスープがなくなると追加しにきてくれる。日本でも家によって漬物やみそ汁の味が少しずつ変わるように、ダルバートの味や盛り付けも宿によって異なり、その微妙な違いを楽しめるくらいに、ダルバートという家庭料理を毎日ひたすら食べ続けた。

気の利いた宿では、他にティーモモという、肉まんの中味がない白い蒸しパン生地だけのまんじゅうが出てきたり、川の近くの宿では小骨だらけの魚汁を出してくれるところもあった。しかし、メインはやはりダルバートであった。

思い出してみると、これまたヒマラヤ界隈《かいわい》のムスタン王国を旅したときもダルバートを毎日食べ続けたし、実はたった今もぼくはヒマラヤの山中にいてこれを書いているのだが、今回の旅でも日々ダルバートを食べている。

舌が肥えていないという自負があり（それを自負と言っていいのかわからない

けれど……)、何を食べても自分は美味《おい》しく感じてしまう。遠征でひたすらダルバートを食べ続けた後は、さすがに日本の食事が恋しくなるのだが、またネパールに帰ってくると、体はすんなりダルバートを受け入れて美味しくいただいてしまうのである。

その地域を代表する食事には、それなりの意味があって、ごはんとみそ汁、パンとコーヒーに飽きないように、ダルバートもまた体が欲する特別な食事なのだ。

ぼくはいま標高3500メートルのナムチェバザールという村にいて、明日からまたダルバート生活をしながら山に登る。ヒマラヤ登山は一にも二にもダルバートを食べなければ始まらないのである。

いしかわなおき●1977年、東京都生まれ。2001年、当時世界最年少で七大陸最高峰に登頂。開高健ノンフィクション賞を受賞した『最後の冒険家』(集英社)ほか著書多数。

食べられないもの

中江有里（女優・作家）

子供のころのわたしは、偏食で食べられないものばかりだった。家では食べなくても許されたが、小学校の給食はそうはいかない。
ある日の給食はとんかつだった。肉の中でも豚肉が苦手で、特に脂が嫌だった。たっぷりと脂身がついたロースかつをクラスメイトが早々に平らげて、楽しそうに校庭へと向かう背中を恨めしく見ていた。こんな風に食べられないものとの闘いの日々は続いた。
しかし体と共に味覚も育つのか、少しずつ苦手な食べ物を克服していった。小学校高学年になると、初めて食べた生クリームのケーキのおいしさに目覚めた。体重は増える一方だ。こうして食べたいのに食べられない、食欲との闘いが始まった。

十五歳で芸能界に入ってから敵はさらに手ごわいものになった。必要な栄養は取りつつも食べる量は減らさなければ体形を保てない。そうなると何を食べるかが重要になる。「ながら食べ」なんてできない。食事はゆっくりと、一口一口味わい尽くした。

上京して初めての里帰り、事務所の人に「年末年始は気を付けて」とアドバイスを受けた。ダイエットに正月休みはないのだ。

実家に着くと、母が台所に立ったので久々に手伝おうとした。すると「ゆっくりしとき」と制された。

「……わたし、あんまり食べたらあかんの」

そう言うと「わかってる」と母は笑った。

言葉に甘えて、こたつに入ってうたたねした。しばらくして「ごはんできたよ」と妹に起こされた。懐かしい匂いが漂った。

テーブルに並んでいたのは、フワリ、ご飯に味噌《みそ》汁、肉じゃが、ほうれんそうのお浸しなどのなじみのメニューばかりだった。中に長芋の短冊があった。母が言った。

「あんた、好きやろ」

実家暮らしのころ、しょっちゅう食べていた長芋の短冊。刻んだ長芋にノリとお醤油《しょうゆ》をかけて、少し混ぜるだけの簡単な一品が無性に好きだった。

今も長芋の短冊が食べたくなる時がある。長芋を洗い、皮をむく。独特のぬめりと手のかゆみを取るため（酸化予防も）酢水につけてから短冊に切る。簡単なようで意外と手間を要する。一度挑戦してみたが長芋のぬめりは手ごわかった。次は実家で食べようと心に決めたが、その機会はなかなか訪れない。

数えきれないほどおいしいものを食べてきたのに、不思議と食べられないものの方が忘れがたい。

なかえゆり●大阪府生まれ、法政大学卒業。'89年、芸能界デビューし、現在は、NHK『ひるまえほっと』〈中江有里のブックレビュー〉に出演中。著書に『水の月』（潮出版社）、『残りものには、過去がある』（新潮文庫）、『わたしたちの秘密』（中公文庫）、『わたしの本棚』（PHP研究所）など。

卓袱台の花畑

澤田瞳子（作家）

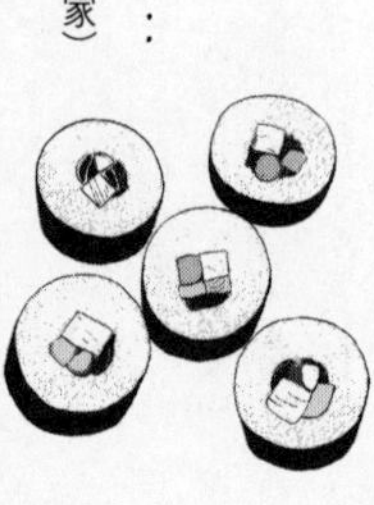

九十六歳で亡くなった大叔母は、お針子だった。戦時中、妻子ある特高係警察官との間に娘を生み、彼の出征とシベリア抑留の間も、一人、和裁で生計を立て続けた気丈な女性だ。

とはいえ私が物心ついた頃には、大叔母は波乱の末に結ばれた夫に先立たれ、針仕事に励む温和なお婆《ばあ》さんになっていた。八十歳を越えてから「冬のソナタ」とヨンさまにドはまりした彼女の家には、娘や孫はもちろん、一人暮らしの身を案じる親族やご近所さんが頻繁に顔を出し、一種のサロンと化していた。

私は二十代の頃、田舎の彼女の家に定期的に通い、和裁の手ほどきを受けていた。ただ彼女からすれば和裁の指導より、実兄の末の孫が出入りしている事実の方が嬉《うれ》しかったのだろう。稽古の間はずっとおしゃべりを続け、昼食やおやつを共にした。

そんなある日、いつもの如《ごと》く大叔母の家に顔を出してから、昼食を買いに行こうとした私の背に、「今日は瞳子さんの分もお昼があるよ」と声が投げかけられた。

「明日はお祭りだから、皆がお寿司《すし》を持ってきてくれてね。一人じゃ食べきれないから、手伝ってちょうだいな」

うなずいた私は、お昼の時間、卓袱台《ちゃぶだい》を見て仰天した。そこには、太い巻き寿司が五、六種類も並べられていたのだ。

「これは娘が持ってきた寿司。その横はお隣の○○さん、そっちはお友達の○○さん、あちらは甥《おい》っ子の○○の嫁さん……」

私の田舎では春秋の祭礼の際、それぞれの家庭で巻き寿司を拵《こしら》える。実の娘を始め、大叔母の傍《そば》に暮らす人々はみな、一人暮らしの彼女のためにと寿司を余分に拵え、こうして運んで来てくれたのだろう。

具材も太さも様々な寿司は、切り口が鮮やかな花のように美しく、その多彩さもあって、まるで卓上が一面の花畑と化したかと映った。そしてその華やかさは同時に、大叔母がどれだけの人々に支えられて暮らしているかを如実に物語っていたが、いずれにせよこれはあまりに量が多すぎる。

卓上の寿司の四分の一もなくならないまま昼食が終わると、大叔母は台所から紙皿を持ってきた。残った寿司のほとんどを丁寧な手つきで包んで、私にくれた。

当時、私は和裁に通う際は、伯母の家に居候をしていた。もらった寿司はその夜、伯母と私が二人がかりで食べてもまだ余り、結局翌日の朝食にもなった。

大叔母はすでに亡く、私が田舎に行く機会もとんと減った。だが時折、スーパーで巻き寿司を見ると、あの日、私は大叔母の人生の一端に触れたのだな、と思う。そしてあれほど滋味に満ちた寿司を食べる機会は、もう二度とないかもと考えるのである。

さわだとうこ●1977年、京都府生まれ。同志社大学大学院博士課程前期修了。11年、『孤鷹の天』で第17回中山義秀文学賞を受賞。12年、『満つる月の如し 仏師・定朝』で第2回本屋が選ぶ時代小説大賞、13年、第32回新田次郎文学賞受賞。16年、『若冲』で第9回親鸞賞受賞。21年、『星落ちて、なお』で第165回直木賞受賞。

祖母のさば缶寿司

奥薗壽子（家庭料理研究家）

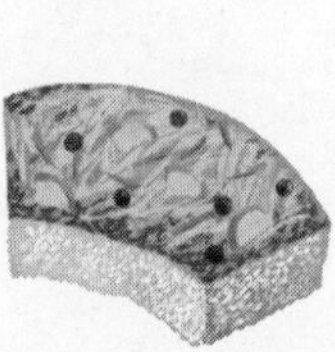

私の思い出の味は、祖母の作るさば缶寿司《ずし》です。さばの水煮缶で作った甘辛いそぼろを、ちょっと甘めの酢飯の上にのせた簡単なお寿司。親戚や孫が家に来ると、いつもきまって作ってくれる、祖母の十八番料理です。

さば缶そぼろの甘辛い味と酢飯の酸味。この二つが口の中で混ざりあい、さばの旨《うま》みが口いっぱいに広がります。意外にさっぱりと食べられるので、ついつい、もう一つ食べたくなってしまうおいしさなんです。

祖母のさば缶寿司は、物相《もっそう》型という型でご飯を抜き、その上にそぼろをのせた箱寿司みたいなもの。たくさんの量を祖母はいつも一人で作っていました。おばあちゃん子だった私は、祖母が作っているところを見るのが大好きで、祖母のそばにちょこんと座っては、最初から最後まで飽きずにずーっと見ていました。

ときどき、型にご飯を詰める手を止めて小さなおにぎりを作り、その上にちょこんとさば缶そぼろをのせて私の口に入れてくれるのですが、それがもう最高にうれしくて。こっそり自分だけ口に入れてもらったお寿司の味は、今思い出しても胸がきゅんとなるくらい、本当に至福の味でした。

出来上がったさば缶寿司はいつもとてもおいしく、私がおいしそうに食べると、祖母はとても喜んで、もっとたくさん食べろ、とうれしそうに言うのでした。

長い間、私はこれを祖母のオリジナル料理だと思っていたのですが、実は、これ、祖母の住む京都の丹波《たんば》地方の郷土料理だったんです。

海から遠い場所に位置していて新鮮な魚を手に入れにくいため、魚の缶詰は、この地域では貴重な保存食でした。祖母はそれを大事に大事に取っておいて、人が集まるときに豪快に使って料理してくれていたのです。今思えば、田んぼと畑しかない田舎に住む祖母にとって、さば缶を贅沢《ぜいたく》に使ったお寿司は、とっておきの料理だったんだなと思います。

時は経《た》ち、母親になった私は、子供たちのためにさば缶寿司を作るようになりました。作るたびに、私はあの頃の気持ちに戻り、同時に、あのときの祖母の気持ちが分かるようにもなりました。そして私も、祖母がしてくれたように、小さなお寿司を子供の口に入れてあげたりして……。

料理は作ることも、食べることも、食べてもらうことも全部幸せです。さらに、おいしく食べることで作ってくれた人に幸せのお返しをすることもできます。

私にとってさば缶寿司は、そんな料理のすばらしさを教えてくれた思い出深い一品でもあるのです。

おくぞのとしこ●簡単でおいしく健康に適った繰り返し食べたい家庭料理を提案。『奥薗壽子の超かんたん！　中性脂肪を落とす［楽うま］健康ダイエットレッスン』（ＰＨＰ研究所）ほか、著書多数。

波音ガパオ

一木けい（作家）

海外で生活していて何よりもどかしいのは、離れて暮らす大切な人が落ち込んでいるときだ。

数年前、電話口で沈んだ声を出す妹を、私が住むタイに誘った。

クリスマスはバンコクで過ごし、その後サメット島へ移動した。メンバーはタイ人日本人合わせて七名。妹と私の声は瓜《うり》二つらしい。島へ向かう船内でも「今しゃべったのどっち？」と何度も笑われた。妹の笑顔には力がなかった。

私たちが泊まったコテージはビーチのすぐそばにあった。急な坂道に面していて視界が悪く、車が通るたびクラクションを鳴らす。夜の騒音に一抹の不安を抱えつつ、夕方、島内散歩に出た。白く柔らかい砂をふんで浜辺を歩き、屋台に腰

を下ろした。

妹の希望でガパオを注文。どう見ても観光客の妹、料理人の独断で唐辛子はきっと控えめだろう。予想に反して、運ばれてきたガパオは赤色が多かった。鼻先でニンニクがふわっと香った。

熱々の目玉焼きをスプーンで潰しながら食べる。ときどきプリックナンプラー(刻んだ唐辛子を魚醤《ぎょしょう》に漬けたもの)をかける。黄身がとけてガパオに絡まり、パラパラのタイ米に染み込んでいく。うーおいしい。

私が中学生の頃、「平成の米騒動」があった。日本の窮状を知り、どこよりも早く米を緊急輸出してくれたのは、タイ王国だった。なのに「ぱさぱさでまずい」と大量に廃棄されてしまったタイ米。悪化しかけた対日感情を宥《なだ》めたのは王様だった。「今回は我々タイ人が助ける側でしたが、私たちが困ったときに助けてくれるのは日本人です。許しましょう」。

この話をすると妹は驚き「こんなにおいしいのにね」と汗を拭いつつ言った。目が先刻までよりちゃんと開いている感じがした。唐辛子を皿の端によけながら食べていたから、単に辛すぎたのかも。

バイクも通行人も横をじゃんじゃん通る屋台で、地面は何かの水で濡《ぬ》れていて、テーブルはべたべたで、ヤモリが走り、トッケイが鳴き、いつどんな虫が出てきてもおかしくないその店で、私たちはいっぱいしゃべっていっぱい笑った。沈んでいく夕日がきれいで、風が心地好《よ》かった。

ちなみに坂道のクラクションは真夜中だろうがお構いなしだった。ビーチでは爆音ライブが開催、途切れることを知らぬ花火。想像を絶する大音量が朝四時まで続いた。翌日妹は「クラブの真ん中に布団を敷いて寝ているみたいだった」と大笑いしていた。

最終日もガパオを食べ、旅は終わった。もどかしいのは妹の方も同じかもしれない。そう思いながら空港で、ちいさくなっていく背中を見送った。

いちきけい●1979年、福岡県生まれ。2016年、「西国疾走少女《にしこく》」で第15回「女による女のためのR-18文学賞」読者賞を受賞。'18年、受賞作を含む単行本『1ミリの後悔もない、はずがない』(新潮社)でデビュー。2022年春までタイ・バンコク在住。

ベビードーナッツは変わらない

原田まりる（作家）

上京して早十数年経《た》つが、帰省すると決まって、両親がすき焼きと赤ワインを用意して帰りを待っていてくれる。
すき焼きは、小さい頃から私が好きな献立なのだが、すき焼きを囲み、赤ワインを飲みながら家族団欒《だんらん》で過ごすという恒例行事は、ただの夕食ではなく、両親が考える一つの子供への愛情表現が具現化された時間なのだと年を重ねるごとに気づかされていった。
一方で、実家の朝食は大きく変わった。私がまだ実家に住んでいた頃は、食卓に母親お手製のパンや簡単なおかず、ヨーグルトなどが並んでいたのだが、今ではパンの姿が消え、フルーツとサラダとヨーグルトだけになっていることが多くなった。美意識の高い両親はプロテインやサプリメントなどが好きで、翌朝になると「最近このプロテインとアミノ酸を飲み始めたんだけど、飲む？」と私にもスポーツジムで購入したであろう健康食品を勧めてくるほどだが、この朝食メニューの移り変わりは両親の美意識が強まった結果ではなく、両親の年齢とともに軽くなった結果のように思う。

私は以前よりも簡素になっていく朝食メニューを見て、自分が大人になったということ、そして両親の子供であるという関係性こそ変わらないが、関係性に甘んじている自分の意識を脱皮しなくてはいけないんじゃないかと看取するのだ。

しかし、胃腸に優しいものが並べられた朝食の中で一つだけ異彩を放っているメニューがテーブルの隅にいつもちょこんと置かれている。それは、こんがりと揚がった小麦色にサラサラとした粉砂糖がまぶしてある小さなベビードーナツである。このベビードーナツは近所のパン屋さんで売られていて、これも幼少の頃からの私の好物だ。

両親は私が帰ってきた際に、私が好きだったベビードーナツも用意してくれているのである。ビニール袋いっぱいに入ったベビードーナツのふわふわとした食感、そして油っこくない後味をほおばるたび、童心にかえったような穏やかで無《む》垢《く》な気持ちになる。

けれども、私も昔のように一袋いっぱいのベビードーナツは食べきれない年齢となってしまった。いつも残すのももったいない気がして東京へと持って帰るのだが、家に着いた頃には粉砂糖がベタベタになっているせいか、実家で食べるときのような感動や懐かしさが無いのだ。童心にかえれないのはべたついた粉砂糖で食感が変わってしまったからか、実家を離れて食べているからか、どちらの要因が大きいのかはわからないが、変わらないものに価値を見出《みいだ》せるようになったのは、実家を離れたからであることは間違いない。

はらだまりる●1985年、京都市生まれ。『ニーチェが京都にやってきて17歳の私に哲学のこと教えてくれた。』（ダイヤモンド社）で「第五回みんなで選ぶ京都本大賞」大賞を受賞。最新作に『ぴぷる』（KADOKAWA）などがある。

冷えたコロッケ

北阪昌人（作家・脚本家）

お誕生日会が大嫌いだった。小学四年生のときのこと。クラスメート同士でお誕生日会をやるのが暗黙の習わしで、自宅に友だちを呼んでもてなす。呼ばれた人は、プレゼントを持って集まった。

誰かの家に呼ばれるたびに、気後れした。

どの家に呼ばれても、自分の家よりすごかった。キチンとした身なりのお父さんとお母さんが笑顔で迎えてくれる。お母さんがつくったケーキに、おしゃれな料理。野菜もカラフルで、ハンバーグはそれぞれのお皿に盛りつけてあった。

玄関に脱いだ自分のスニーカーの汚れが気になった。それに手を触れ、かかとをそろえられて恥ずかしかった。

プレゼントも、僕のだけ、明らかに貧相だった。決定的にお金がなかった。宮《みや》沢《ざわ》賢《けん》治《じ》の文庫本を自分で包装して持っていく。友だちに渡しても微妙な顔をされた。

やがて、一月。僕の番が回ってきた。

僕の家は狭い社宅で、母は内職の毎日。妹や弟の面倒を僕が見るのが当たり前のことだった。僕は生まれて初めて、母にわがままを言った。

「お母さん、お誕生日会をやるので、コロッケをつくって」

母は、笑顔で

「わかったよ」と言ってくれた。

僕は、母がつくったコロッケが大好きだった。ほくほくしたジャガイモがたっぷりで、分厚くて香ばしい。

誕生日当日。十人あまりのクラスメートが家にやってきた。ケーキはない。野菜はサラダではなく、ただ、洗ったきゅうり。

「はい、どうぞ、たくさん食べてね」

母がテーブルに置いたのは、大皿に山積みになったキツネ色のコロッケだった。

一瞬、みんながその皿を見つめる。

違うんだお母さん、一個一個、お皿に並べるんだ。そう思ったけど、時すでに遅し。

コロッケに手をつける同級生はほとんどいなかった。友だちが帰ったあと、テーブルに、冷えたコロッケが残っていた。

僕と妹と弟と母で、その残り物を食べた。

僕はどこかで怒っていた。もっとおしゃれに盛りつけてほしかった。もっと見《み》栄《え》をはってほしかった。

コロッケは、冷えても、美味《おい》しかった。

「お兄ちゃん、なんだか、ごめんねえ」

と母が言った。急に哀《かな》しくなった。

僕は何も言えず、コロッケを食べた。何個も何個も食べた。妹も弟もニコニコ笑って食べた。

大げさかもしれないけれど、そのとき、思った。生きていくのは、こんな哀しさの連続なんだろう。

ただ思い出すのは、冷えたコロッケが、びっくりするくらい、美味しかったこと。

きたさかまさと●大阪府生まれ。人気番組『NISSANあ、安部礼司』など数多くの脚本を手がける現代ラジオドラマの第一人者。主な著書に『世界にひとつだけの本』（PHP研究所）がある。

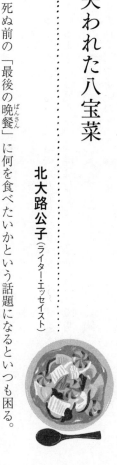

失われた八宝菜

北大路公子（ライター・エッセイスト）

死ぬ前の「最後の晩餐《ばんさん》」に何を食べたいかという話題になるといつも困る。子供の頃から偏食がちで胃も弱く、食べ物への執着も薄いからだ。「死ぬなら胃もたれの心配はいらないから、トンカツ定食かなあ」とか、かなり雑なことになる。

ただ、望んだものが本当に何でも食べられるとしたら、一つだけリクエストしたいものがある。「失われた八宝菜」だ。子供の頃、母親が作ってくれたもので、未《いま》だにあれを超える八宝菜は食べたことがない。餡《あん》がたっぷりすぎるくらいたっぷり掛けられていて、その中に色とりどりの具材が宝石のようにちりばめられている。熱々の湯気がたち、なによりとびきり美味《おい》しい。本来、偏食児童にとって具材の多い料理は鬼門である。イカかと思ったら豚の脂身、蓮根かと思ったら筍《たけのこ》の固いところ、鶏肉かと思ったら椎茸《しいたけ》。随所に罠《わな》が仕掛けられているからだが、その危険性すらまったく気にならなかった。

八宝菜が何度食卓に上ったかは覚えていない。せいぜい数度、ひょっとしたら一度きりだったのかもしれない。だからこそ、その特別な八宝菜を私は愛し、それが失われたことを悲しんだ。

そう、ある日、八宝菜は姿を消した。突然だった。夕飯に何が食べたいかを訊《き》かれ、「八宝菜」と答えた私に母が言ったのだ。

「お母さん、八宝菜なんて作ったことないよ」

「え？」

一瞬、母が何を言っているのかわからなかった。思わず顔を見つめたが、ふざけているようには見えない。混乱したまま、私は懸命に説明した。

「ほら、肉や野菜がたくさん入っていてとろりとした汁（餡）が掛かっていて」

「シチューじゃないの？」

もちろんシチューではない。さすがの私もシチューと八宝菜の区別くらいはつく。私がよほど悲しげな顔をしたのだろう。

「八宝菜が食べたいの？」

そう言った母が作ってくれたのは、しかし私が思っているのとはまったく別物の、ごく普通の八宝菜だった。

「これでよかった？」

と困惑顔の母に訊かれ、「うん」と嘘《うそ》をついたのは、子供心に悟ったからだ。あの八宝菜は永遠に失われた。理由はわからないが、私の人生からきれいさっぱり消えてしまったのだ、と。以来、私は一度も母に八宝菜をリクエストしたことがない。

失われた八宝菜のことを、今も時々考える。あれは一体何だったのだろう。あのとき、母の身に、あるいは私の身に、もしくは世界に一体何が起きていたのだろう。本当の本当にわからないのである。

きたおおじきみこ●北海道生まれ。大学卒業後、フリーライターに。新聞の書評欄や文芸誌などに寄稿。『生きていてもいいかしら日記』『すべて忘れて生きていく』（以上、ＰＨＰ文芸文庫）など著書多数。

「ゴッドファーザー」のトラウマニョッキ

ツレヅレハナコ（文筆家）

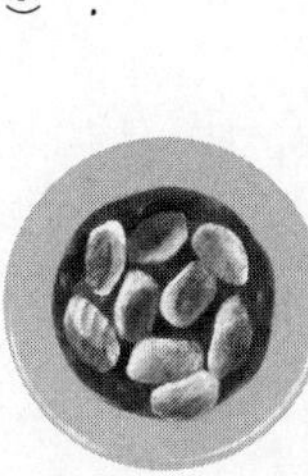

人生で一番多く観《み》た映画を聞かれたら、「『ゴッドファーザー』3部作！」と即答します。なぜなら我が家では毎年お正月にシリーズを一気見するという謎の習慣があり、十数回は繰り返し観たからです。いったいこれまで何度ビデオショップでレンタルしたことか。その回数と金額を考えれば、DVDボックスを買った方が安かったなと気づいたときには、大変ショックでした。

なぜそれほど惹かれたのかといえば、マフィアの壮大な世界観はもちろん、作品内に登場する食べものがやたらとおいしそうだったから。男たちが食べるミートボール入りトマトソーススパゲティ、リコッタクリームが詰まったシチリアの焼き菓子カンノーリ……ああ、今でもよだれが。

中でも衝撃だったのが、じゃがいものニョッキ。アンディ・ガルシア演じるヴィンセントが、ボスの孫娘であるソフィア・コッポラに「ニョッキ作りを教える」と語るシーンから始まります。誰もいない暗い厨房《ちゅうぼう》。ヴィンセントが二人《ににん》羽織《ばおり》のようにソフィアを後ろから抱くと、手を重ね合わせてニョッキの生地を作り始める……。

「きゃー、エッチ！」と小学生だった私は赤面しましたが、それより気になるのはニョッキなる食べもの。インターネットなどない時代、すぐさま図書館へ行き「イタリア料理」という本を開いて調べました。

どうも、じゃがいもをつぶして小麦粉を加え、小さく丸めて鍋でゆでればよいらしい。なるほど、作れそう！　さっそくひとり台所で「ニョッキみたいなもの」を作り上げたのは、その数時間後のことです。

見よう見まねでソースを作り、ゆでたてをひと口。「……うわ、なんだこれ！」。硬くて粉っぽいじゃりじゃりの生地は、できそこないの団子のよう。トマトソースも青臭いだけで、まったくおいしくない。おかしいなあと首をひねりながら、とりあえず残りはラップをかけてキッチンに置いておきました。

数時間後に戻ると、帰宅した兄がそれを食べようとしているところ。「あ！」と思った瞬間、兄が口からニョッキをブハッと盛大に吹く姿は今でも忘れられません。

それ以来、私にとってニョッキはトラウマに。やっと食べられるようになったのは、三十代になってからのことです。当時、行きつけのイタリアンで全メニューを網羅する勢いだった私が、ニョッキだけを食べないことに気づいたシェフ。わけを話すと爆笑して、「うちのは大丈夫」と「トマトソースのじゃがいもニョッキ」を出してくれました。もう当然、完全に別もの！

ああ。今なら、きっともう少し上手に作れるのにな。でも、あの一生懸命だった小学生の私も、なんだか愛《いと》おしく思うのです。

つれづれはなこ●食と酒と旅を愛する文筆家。著書に『まいにち酒ごはん日記』『女ひとりの夜つまみ』（幻冬舎）、『食いしん坊な台所』（河出文庫）、『ツレヅレハナコの薬味づくしおつまみ帖』（PHP研究所）など多数。

懐かしい未来のごはん

早川ユミ（布作家）

幼いころの母の実家でのごはんが、いまも夢にでてきます。子ども時代、弟がうまれるころ、毎年2〜3カ月を明治生まれの祖父母のおうちですごしました。

ごはんはシンプルで、いさぎよいものでした。神さま仏さまにお米をあげて感謝をしてから「いただきます」をします。ちいさな庭で野菜を育て、季節のたべものをだいじにしていました。春にはふきのとう、夏にはところてんを天草《てんぐさ》からつくり、秋には栗《くり》ごはん、冬には寒ブリ大根の煮付け。お米はだいじだからと、ひとつぶ残さずたべました。

祖母は、大きな甕《かめ》で毎日ぬか漬けをつくり、6月にはらっきょうと梅干しを漬けます。

毎日、近くの公設市場へ買い物かごをもって、祖母と買い物へでかけました。いまのようにビニール袋やプラスチックのトレイがない時代でした。野菜やくだものは竹のざるに、魚は杉の葉にのせられていました。買い物したものは、新聞紙でくるんだり、紙袋にいれたり、経木《きょうぎ》の舟皿におさしみをのせたり、経木で肉をつつんだりしていました。

スーパーマーケットができるまえは、八百屋さん、肉屋さん、お魚屋さん、豆腐屋さん、たまご屋さん。みそやしょうゆは、酒屋に売っていました。インスタント食品もなく、レトルトのカレーもなくて、素朴な味のかき餅《もち》や、鬼まんじゅうをつくってもらいました。

朝ごはんは漬物とみそ汁とごはん。いちいちコンロで海苔《のり》を焼きます。中表にして焼き、折って8つに切りおとなは5枚子どもは2枚。生卵もおとなは1個。子どもは半分と決まっていました。

夜ごはんは、おかしらつきの魚の煮付け。男のひとが、まず、はしをつけてたべ、そのあと、女のひとや子どもがたべるというように、女のひとや子どもは後回しな食事でした。ごはんの席も上座から母の弟たちがならび、妹たち、わたしと祖母。不公平な男尊女卑なくらしをいまもお魚をたべるたびによく思い出します。女と子どもの不自由さが、わたしのフェミニズムの種となったのです。

女性も男性とおなじひととして、おなじたべものをたべることがあたりまえな現代社会。けれども民衆のこころの奥深くに、こうした男尊女卑の家庭での習慣が、こっそりとひそんでいるのではないでしょうか？

その不公平さえなければ、祖母の懐かしいごはんが、いまのわたしのごはんへとつながってくるのです。祖母が伝えようとしたわけでもないのに、祖母のごはんは、わたしのからだのなかに懐かしい未来へのごはんとなって、フェミニズムの木をいきいきと育てているのです。

はやかわゆみ●アジアの手紡ぎ、手織布、草木染めや泥染めの布で衣服をつくり、展覧会やワークショップをひらいている。『くらしがしごと　土着のフォークロア』（天然生活の本）など著書多数。

手料理とDNA

渡辺真理（アナウンサー）

「お料理はあんまり好きじゃないし、上手じゃないの」と母は言っていたのです。料理好きな女性が嫌われるケースは、めったにないですよね？　殿方からはもちろん、同性からも、とりわけ子どもからは絶大な信頼と親愛を寄せられるはず。でも、あっさりとそう打ち明けられた一人娘の私としては「そういえば友だちのお弁当はもっと凝ってて、可愛《かわい》いな」なんて現実に気づきつつ、母の手料理に過度な期待はしなくなるわけです。

　半面、小学校から高校まで12年間カトリックの女子校生活で給食経験のない私に、母は毎日お弁当を持たせてくれる生真面目な面も。海苔《のり》ご飯に卵焼き、ウィンナーと、相当シンプルな日もありましたが、ザッと数えても2千回以上欠かさず早起きして作ってくれた事実に感謝したのは、私が大人になってからでした。

父方の祖父母も同居していたので普段は焼き魚に白飯、お味噌《みそ》汁といった堅実な献立を嫁として守っていた母でしたが、国際線の客室乗務員だった結婚前をふと思い出しては当時をしのばせるひと皿を楽しげに作る日もありました。「エアフランスのパーサーが『ウィスキーの水割りなんて！　そんなに水が好きなのはアメリカ人と金魚だけだ』ですって（笑）」「サンドウィッチはバゲットじゃないと。ふわふわしたパンだと頼りないでしょ？」なんて歌うように話しながら。でも、小学生の私には硬いバゲットが口の中で痛くて、柔らかいパンがいいなぁと思ったものです。

夕飯に、マッシュポテトと挽《ひ》き肉をパイで包んだイギリスのコッテージパイに似た料理や、大きめの茄子《なす》をくり抜いてミートグラタン風にしたギリシャのムサカっぽいもの、鶏とエシャロットを赤ワインで煮たフランス料理らしきものが並んだり、春先にはふっくらした日本の炊き込みご飯じゃなく、バターで炒《いた》めたグリーンピースライスが出たり。母の気ままさと相まってかなり独創的。この家庭料理を説明する自信がなかったので、今まで我が家の食卓について話したことはほとんどありませんでした。

通年、自由な食卓でしたが、クリスマスにはローストビーフを焼くと決めていたようです。ただ、肉の選定も最後の味つけも父の役目で、遊ぶように台所に立つ母を繊細で味に敏感な父は面白がって見守りつつ、塩と胡椒《こしょう》を振って仕上げていました。

87歳を数え、今は穏やかに療養の季節を過ごす母は料理からも解放されたわけですが、手料理とDNAはおそろしくも面白いもので、〝出来ることは精一杯するけど、出来そうもないことはあっさり手放す〟性分は、母の手料理を通して私の体内にしっかり根づいていると感じる人生半ばです。

わたなべまり●1967年神奈川県横浜市出身。ICU国際基督教大学卒業。1990年TBSにアナウンサーとして入社、1998年フリーに。テレビ、雑誌、ラジオ、執筆活動など幅広く活動中。

夢が叶ったその先に

加納朋子（小説家）

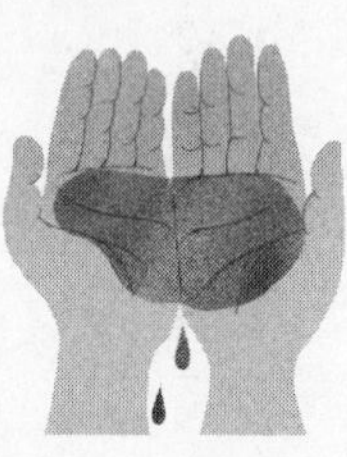

子供のころから、物語に登場する食べ物に憧れてきました。『若草物語』の塩漬けのライムには、未《いま》だ口にしていないだけに興味津々です。砂糖漬けならわかるけど、塩漬け？　それは、子供が食べて美味《おい》しい物なのかしら？『アルプスの少女ハイジ』のヤギのミルクや、とろけるチーズを載せたパンは、アニメではやたらと美味しそうでした（これらは後に食べられました。ミルクはヤギの味がしました）。

同様に、様々な物語に登場する、小川の水を両手ですくって飲む、という行為に、無性に憧れていました。当時住んでいた北九州は工業地帯で、安心して飲めるような川なんて、近くにはありませんでした。だからこれは、子供時代の私の

「そのうちやってみたいことリスト」に、長い間載り続けていたのです。

そして小学四年生くらいでしたか、家族で遊びに行った先で、ついにそのチャンスが訪れたのです。

傾斜のきつい林の中を上っていくと、水音も涼し気な沢がありました。父が持参したヤカンに沢の水を汲《く》み、「この水はきれいだから飲めるんだ」と言って焚《たき》火《び》で湯を沸かし、母が入れてくれたお茶でお弁当を食べました。「きれいな水で入れたお茶は美味しいねえ」と、実のところ味の違いもわからないままに皆で言い合い、初めてのキャンプもどきにわくわくしていました（母亡き今、これも良いごはんの思い出です）。そして気づいたのです。この水は飲めるんだから、あれができるじゃないの、と。

沢の水で手を洗い、そのまま両手ですくって飲んだ水は、冷たくて美味しかったような気がします。よく覚えていませんが。憧れのシチュエーションが実現したことで、私は大いに満足していました。他の兄弟も真似《まね》をして飲んでいましたが、とりわけ私が、しつこく飲んでいました。完全に、物語に登場するヒロインになり切っていたのです。かねてからの夢が叶《かな》った瞬間で、もちろんそのこと自体もとても思い出深いのですが、より強く印象に残っているのはその後の出来事です。

食事を終えた私たちは、さらに上流に向けて川沿いを歩いて行きました。するとと沢が緩やかに弧を描いたその先に、巨大な犬を連れたおじさんが。腹まで水に浸《つ》かった犬を、おじさんはとても丁寧に愛情を込めて石鹸《せっけん》とブラシで洗っているのでした。

馬の洗い汁、七桶《おけ》飲まっしゃい、牛の洗い汁、七桶飲まっしゃい、とは舌きりすずめに登場するセリフです。家族皆、何とも言えない顔でおじさんと犬の脇を通り過ぎ、しばらくしてゲラゲラと笑いました。

犬の洗い汁、七口ほども、飲んだ話。

かのうともこ●1966年、福岡県生まれ。『ななつのこ』で第3回鮎川哲也賞を受賞しデビュー。ハートフルな物語の中に小さな謎を混ぜ込んだ作品を多く発表して人気を博す。『七人の敵がいる』(集英社文庫)など著書多数。

お金では買えない味

山口恵以子（小説家）

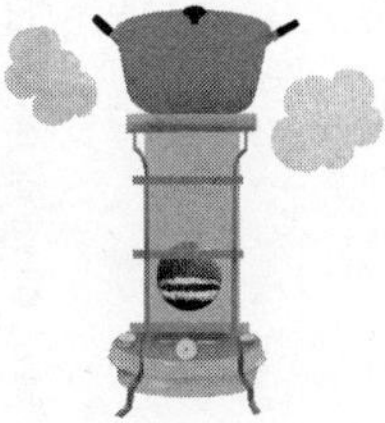

ごはんの思い出は母の作ってくれた料理と直結している。

父は祖父と理髪鋏《りはつばさみ》の工場を経営していたので、子供の頃の我が家は住み込みの工員さんが十人近くいる大家族だった。母はお手伝いさんと二人で、家族と工員さんの三度の食事を作っていた。後に昼ご飯はお弁当の宅配を利用するようになったが、それにしても大変だったと思う。

昭和三十年代は今のようなインスタントやレトルト食品はほとんどなく、食事は全て手作りである。常備菜で活躍したのは漬物で、糠《ぬかづ》漬けは通年、夏はラッキョウやキュウリの塩漬け、冬は沢庵《たくあん》漬けと白菜漬け等、四季折々の野菜を一斗樽《いっとだる》で漬けていた。

今でも覚えているのは大量のラッキョウの皮を剝《む》かされて、爪が痛くなったこと。毎年あんな手間の掛かる作業をしていた母には、本当に頭が下がる。

そして冬になると登場した煮込み料理。我が家はブルーフレームという石油ストーブを使っていて、その上に鍋を載せて煮物をした。あの頃、ストーブの上には必ずヤカンか鍋が載っていたっけ。

ビーフシチューの日は、前日から鶏《とり》ガラを煮て出汁《だし》を取る。お楽しみは翌日に。しかも用済みの鶏ガラに塩胡椒《こしょう》を振って食べると、美味《うま》いんだ、これが。

正月が近づくと母は生海苔《のり》の煮物と干し貝柱の煮物を作った。

生海苔は魚屋さんに注文して買っていたと思う。何度も水洗いして絞り、醬《しょう》油《ゆ》と酒で炒《い》り煮する。出来上がりは薄味で、食感も海苔の佃煮《つくだに》とはまるで違う。フレッシュな海苔の美味さがダイレクトに楽しめる。

貝柱は一週間ほど水に浸《つ》けて戻し、戻し汁と酒と醬油、そして大量の生姜《しょうが》の千切りを加えて煮る。これはごはんのおかずに酒の肴《さかな》に、バターを塗ったパンに載せても美味い優れものだ。

昭和四十年代の初めから父の仕事は不振に陥り、従業員は去り、工場も閉めた。母は四十代初めまで十数人分の食事を作っていたのが家族六人分に減り、やがて三人分になった。そして六十代後半から、食事作りのバトンは娘の私に渡された。

母は二〇一九年一月、九十一歳で永眠した。

私は小さい頃から母の後をくっついて台所をウロチョロしていた。自然に手伝いもするようになったし、大の食いしん坊なので、母の味もそれなりに受け継いでいると思う。それでも、やっぱり何処《どこ》か違う。

母の漬けたあの、甘味のまったくない沢庵が食べたい。まろやかでとろけるようなビーフシチューが食べたい。子供の頃は関心の無かった生海苔の煮物が食べたい。

思い出の味を定義するなら「お金では買えない味」に違いない。

やまぐちえいこ●1958年東京生まれ。早稲田大学文学部を卒業。松竹シナリオ研究所で学び、プロットライターとして活動。その後、丸の内新聞事業協同組合の社員食堂に勤務しながら、小説の執筆に取り組む。『月下上海』で第20回松本清張賞受賞。「婚活食堂」シリーズ、『バナナケーキの幸福』（PHP文芸文庫）など著書多数。

新しい味

友井 羊（小説家）

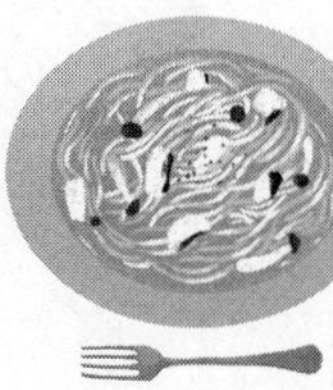

私の出身地である高崎市ではイタリア料理店が昔から親しまれ、蕎麦《そば》屋やラーメン屋などに近い存在になっている。そのため家族での外食の定番もスパゲッティだった。

物心つく前からイタリア料理店に連れられていたが、両親は味に保守的だった。そのため注文するのはミートソースやナポリタン、ピザやドリアなどばかりだった。三十年も昔のことだ。ちょっと洒落《しゃれ》たものでも魚介のトマトソースくらいだった。

小学生時代の私も両親に倣って、毎回同じ料理を頼んでいた。引っ込み思案な性格だったこともあり、親が頼んだことのない料理を選ぶのが不安だったのだ。

しかし、メニューを開ける度に他の品々が気になっていた。わけのわからないカタカナの羅列はどんな味か全く想像できず、物語に登場する架空の料理のように思えた。そしてある日、私は勇気を出して見慣れない料理を食べてみたいと口に出した。

両親の反応は芳しくなかった。というのも当時の（今もだが）私は食べ物の好き嫌いが極めて多かったのだ。しかし私はアンチョビを使ったというそのスパゲッティへの好奇心が抑えられなかった。

当時私は、アンチョビの名前こそ耳にしたことはあったが食べたことはなかった。幼い頃の私にとって、それは一大決心だった。

運ばれてきたのは、くすんだ粘土みたいな茶色のスープ仕立てのスパゲッティだった。一目見て軽く後悔したが、嗅いだことのない魚介の濃密な香りが食欲をそそった。不安と期待が入り交じりながらフォークで口に運んだ私は、一口で虜《とりこ》になる。アンチョビの持つ独特のクセが白ワインやニンニクと混ざり合い、発酵が生み出した濃い旨《うま》みとして舌にがつんと響く。食べ慣れたぷりぷりの食感のパスタにアンチョビのスープが染み込み、私は夢心地で食べ進めた。

味見をした家族にも好評で、その日からアンチョビのスパゲッティは定番の一つになった。

自分が家族に新たな喜びをもたらしたことが嬉《うれ》しくて、それ以降私は食べたことのない料理に挑戦するようになった。好みに合わないこともたくさんあったけれど、様々な知らない味に出合えた経験は大切な思い出になっている。

私は未知の味が好きだ。新しい店ができればすぐに足を運ぶし、初見の調味料を発見するとつい手が伸びてしまう。スープを題材にした拙著に珍しい国の料理を出すために、取材と称していそいそと専門料理店に足を運んだりする。

そんな私の性分は、少年時代に勇気を出して注文をしたことで新たな味に出合えたこと、そして家族が笑顔になった体験に基づいているのかもしれない。

ともいひつじ●1981年、群馬県生まれ。國學院大學文学部を卒業後、ライターや契約社員、ニートなどを経て、第10回『このミステリーがすごい！』大賞・優秀賞を受賞。『スープ屋しずくの謎解き朝ごはん』（宝島社文庫）など著書多数。

古都の舞台裏での腹ごしらえ

天花寺さやか（小説家）

空腹、ないしは体が栄養を欲しているときの食事ほど、五臓六腑《ごぞうろっぷ》に染み渡るものはない。

そういうときに食べたメニューというのは大体記憶に残るもので、「あなたの思い出ごはんは？」と訊《き》かれると、私は真っ先に学生時代のアルバイトで食べた湯豆腐だと答える。あれがきっかけで、今の私の豆腐好きが出来上がったと言っても、決して過言ではないだろう。

学生の頃、私は京都のとある飲食店でアルバイトをしていた。そこは誰もが気軽に入れる人気店で、当時の私は、和服に前掛けをしてチョコマカと働いていたのである。

一等地で、わりかし本格的な京料理が楽しめるということもあって、このお店は常に満席だった。私や同年代の従業員はもちろん、若女将《わかおかみ》や女将さんまでもが朝から晩まで忙しく立ち回り、料理を運び、またお客さんを迎え入れ、という仕事内容で、特に桜の咲く頃と紅葉《もみじ》の色づく頃は、「若女将や女将さん、よう倒れへんかったもんやなぁ」と今でも感心してしまう。

そんな風に皆働いていたものだから、束の間の楽しみと言えば、賄いを食べる時間だけだった。皆で交代し合って賄いが置いてある座敷へと行き、そのテーブルの上によく出されていたのが、湯豆腐に白ご飯、そしてお漬物だったのである。

こう書けば誰かから、「そんだけ？　せめて魚の一匹でも……」と言われてしまうかもしれないが、厨房《ちゆうぼう》だって戦場のような忙しさだった。それは周知の事実だったし、労働による空腹状態だと、ご飯が食べられるだけでも有難かった。だから、文句どころか誰もが喜んで席についたものだった。

それに、湯豆腐といっても侮るなかれ。賄いと言えど、京都の人気店の湯豆腐である。鍋の中からは上質な昆布の香り、豆腐は柔らかく四角い真珠のようで、掬《すく》い上げたときは、まるで温かい海から上げたかのようだった。勿論《もちろん》、大豆本来の味が凝縮されている。白ご飯は艶めいて豊かな湯気をくゆらせて、そこに、歯応えのあるお漬物が付いて食欲をそそる。後から聞いた話では、ここのお漬物は京都の名店「打田漬物《うちだつけもの》」のものだったらしい。

そんな湯豆腐をポン酢で、白ご飯をお漬物と一緒に頂く。シンプルな料理なので素材の味が美食家のように楽しめて、白米と豆腐を主にした豊富な栄養は、労働への活力を作ってくれた。食べた喜びを一しきり味わった後、「さぁやるぞ」と再び働くのである。

これが、私の思い出ご飯である。今にして思えば、贅沢《ぜいたく》な賄いだったかもしれない。

てんげいじさやか●京都市生まれ、京都市育ち。小説投稿サイト「エブリスタ」で発表した「京都しんぶつ幻想記」が好評を博し、同作品を加筆・改題した『京都府警あやかし課の事件簿』（PHP文芸文庫）でデビュー。また、同作にて第7回京都本大賞を受賞した。第7弾まで刊行中。他の著作に『京都丸太町の恋衣屋さん』（双葉文庫）、『京都へおいない 雅をいつくしむ人のために』（ぱるす出版）がある。

最後のおせち料理

市宮早記（小説家）

最後に食べたおせち料理は、涙の味がした。

私の母は料理が得意で、毎年大晦日《おおみそか》には、こたつとダイニングテーブルいっぱいに、おせち料理や茶わん蒸し、オードブルが並んだ。祖母は早くに亡くなっていたので、年末は祖父と父と母、姉二人と私の六人で過ごすのが恒例だった。

お正月の料理は、三十日から支度を始める。初めに餅つき機で巨大なお餅を一つ作って、母と姉たちと、「熱い、熱い」と騒ぎながら、ちぎって小さなお餅にしていく。それが終わったら、姉妹三人でダイニングテーブルに座って、松前漬《まつまえづ》けの昆布とスルメイカを、誰が一番早くきれいに切れるか競争した。そして、絶対に誰かが指を切って、母に絆創膏《ばんそうこう》を貼ってもらっていた。

年末年始は子どものころの私にとって、最大のイベントで、慌ただしくも賑《にぎ》やかなこの数日が、私は大好きだった。

けれど、大きくなるにつれ、テーブルに並ぶ料理は減っていく。

私が小学六年生のとき、父が他界した。餅つき機が棚から下ろされることはなくなり、料理は半分ほど減った。

それから数年後、大学生になった長女が、お正月を彼氏と過ごすようになった。長女が好きだった黒豆が、テーブルから消える。

私が高校三年生になった年には、次女も実家に帰らなくなった。料理を置くのに、もうダイニングテーブルは使わない。

母と祖父と、こたつに並んだおせち料理を食べながら、私は来年の年末を思った。

たぶん、来年も二人は帰ってこない。

私はそのときになって初めて、もう二度と、家族みんなでおせち料理を食べながら、年を越すことはないのだと気づいた。

たとえ家族であっても、いつまでも変わらない関係はない。しかたがないことだ。

ただ、もしもあれが最後の年だと知っていたら、もっと夜更かしして、たくさんおしゃべりをしたのになあ。

母も祖父も寝てしまったなか、一人で除夜の鐘を聞きながら、少し涙がこぼれた。

大学を卒業した翌年、祖父が亡くなった。母も再婚して、私が年末に帰省することはなくなった。

友人と鍋やお寿司《すし》を食べたり、一人で仕事に追われていたり、年末の過ごし方はいろいろだけれど、実家で年を越さなくなってから、おせち料理は食べていない。

このエッセイを書きながら、今年は自分で、おせち料理を作ってみようかなと思った。

今ならきっと、指を切らずに松前漬けを作れるだろう。たとえ切ってしまっても、自分一人で絆創膏を貼れる。

いちみやさき●広島県出身。国内最大級の小説投稿サイト「エブリスタ」で執筆した作品が書籍化され、作家デビュー。著書に『新選組のレシピ』（PHP文芸文庫）などがある。

enjoy

広瀬裕子（エッセイスト・ディレクター）

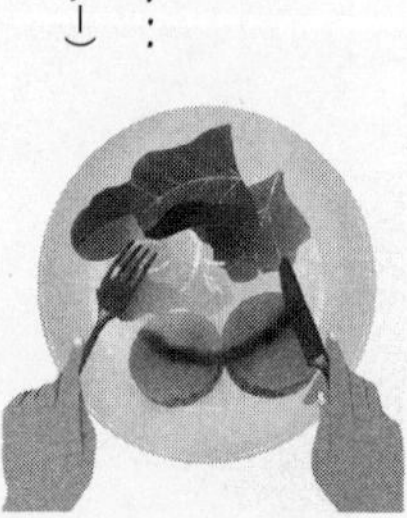

「たのしんでください」と声をかけてくれる。「はい」。「もちろん」。そう答えるとこちらの想像以上の笑顔を見せ満足そうにキッチンへ戻っていく。

テーブルにはあかりの灯《とも》ったキャンドル、磨かれたカトラリーとプレスのかかったナプキン。フロアは完璧に整えられている。けれど、決して堅苦しくなく、むしろリラックスできる。新しいお皿が運ばれてくるたび感嘆の声を上げるわたしたちに「たのしんでください」のひと言――。

アメリカ・バークレーにあるアリス・ウォータースのレストラン、「シェ・パニーズ」は、当時もいまも変わらない人気店だ。バークレーに住む友人をたずねた際、彼女といっしょに店を訪れた。

人気だからというふうはなく、スタッフ全員がプロの空気を纏《まと》い、親切で、シェ・パニーズで仕事ができることを誇りに思っているように見えた。

わたしたちのテーブルについてくれたのは50代後半ぐらいの男性で、とびきりの笑顔とやわらかな物腰で丁寧にメニューを説明してくれた。食べたいものがありすぎて決めきれないわたしたちに的確なアドバイスをくれた後、終始、気持ちのいいサービスを提供してくれた。

その日、わたしたちは、スープとサラダをそれぞれ頼み、メインは魚、デザートはタルトとアイスクリームを選択した。言葉にすると「そういう流れ」と想像できるけれど、運ばれてくるお皿は予想を超えていた。新鮮で生命力に溢《あふ》れ、繊細で明度が高かった。口にするにつれ身体が「これからはこういうものを食べていきたい」と言っていた。おいしいものは世界にたくさんある。けれど、シェ・パニーズの料理はそういうものとも違っていた。

バークレーに行ったのは2011年の春になる。その年、日本は大きな出来事に見舞われた。アメリカへ向かう飛行機の中でわたしは何度も泣いた。「これからどうなっていくのだろう」という気配は、ここ数年の状況と似ている。

そんななか訪れた場所で、わたしは新しい食の在り方を知った。そこにいる人たち一人一人が持つ姿勢の大切さだ。その意識がひとつの料理、一枚のお皿すべてに現れる。

明度の高さはそこからしか生まれない。いまから思うとシェ・パニーズはレストランという佇《たたず》まいをした次の世界への入り口だった。わたしたちはドアをあけなければ先へ行けない。

いままで以上に「食べる」ことを大切にしよう――。その空間での時間、光景は、わたしが未来へ進むための新しい地図を渡してくれた。そこにはちいさな文字で「enjoy」と記されている。

ひろせゆうこ●「衣食住」を中心に、こころとからだ、日々の時間を大切に思い、表現し、近年、設計のディレクションにも関わる。『整える、こと』(PHP研究所)など著書多数。

命のおいなりさん

松原惇子（エッセイスト）

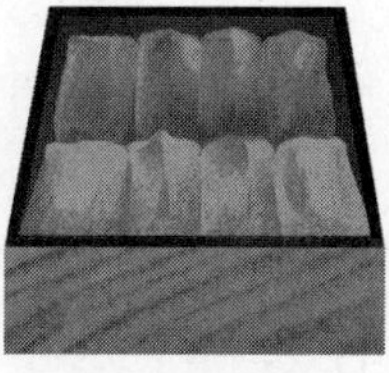

母の作る料理は絶品だ。祖父が相当のグルメだったようで、そんな父親に連れられて子供のころから銀座や浅草でビフテキやビーフシチューを食していたというのだから、うなずける。

「料理は習うものではなく、舌で覚えるものよ」が母の口癖だ。何度、この言葉を聞かされてきたことか。

得意顔をされるのが悔しいが、何を作っても「うまい‼」のだからしょうがない。

母の洋食も美味《おい》しいが、手間がかかるので気が向いたときしか作ってくれない「おいなりさん」、これがまた絶品なのだ。

京都の上質な揚げが手に入ったときに作ってくれるのだが、市販のものと違い、大きい揚げにたっぷり具の入ったご飯のあっさりした味のおいなりさんだ。2個もいただけばお腹《なか》がいっぱいになる大きさだが、揚げと具とご飯のバランスが絶妙で4個はいける。翌日もいける。翌々日もいける。

ただ、残念なことに、大人になってからは、母の料理にありつく機会は少ない。

わたしが50代のころだ。ある日、珍しく母から「おいなりさんを作ったけど」という電話があった。

しかし、仕事が忙しく実家に取りに行く気になれずにいると、父に届けさせるというので、喜んで父の到着を待った。

やさしい父は、しょうがないなあと言いつつも嬉《うれ》しそうに、汗をふきふきわたしのマンションにやってきた。

おいなりさんの入った二段重ねのお重は驚くほど重かった。これを持って電車に乗って来たのかと思うと、申し訳なかったが、わたしと一緒にいたスタッフは

「ラッキー」と大喜び。一息つくと、父は「じゃ」と静かに帰って行った。

「こんな美味しいおいなりさん、食べたことない！」

わたしも久々に味わった絶品のおいなりさんに感動しながら食べ終わり、スタッフとカフェに行くために駅に向かうと、ビルの植え込みのふちに父が腰かけているのを見た。

「あれっ、お父さんまだいたの」。驚いていると、父は、ゆっくり帰るからと笑った。

そのとき、父が心臓の薬を飲んでいることを思い出す。わたしが忙しくしている間に、父も老人になったのだ。

その場面を敏感に察知したスタッフはポツリとつぶやいた。

「命のおいなりさんね」

普段は、父の存在を特別に意識することも感謝することもなく過ごしていたが、父の愛情に触れた気がして、胸が熱くなった。父はその2年後に患うこともなく、85歳でコロッと理想の死をとげた。

まつばらじゅんこ●1947年、埼玉県生まれ。『女が家を買うとき』（文藝春秋）で作家デビュー。シングル女性の今と老後を応援するNPO法人「SSSネットワーク」代表理事を務めながら、自らの充実した老後のひとり暮らしを著作や講演を通じて発信している。

懐かしの築地飯

荻原 浩（小説家）

東京の築地《つきじ》で長く働いていた。

といっても市場で魚を卸していたわけではなく、広告業界で。魚じゃなくて、お得意さんの無理難題を必死にさばいていた。

昔の築地は、広告代理店や制作会社、フリーランスの事務所が集まった「広告村」でもあったのだ。石を投げれば、朝は市場関係者、夜は広告業者に必ず当たる。やたらと勤務時間が長い、ブラック企業なんて言葉がなかった頃からブラックな業界だった。徹夜や休日出勤は日常茶飯だから、昼も夜も土日も築地でご飯を食べていた。

働いていたのは小さな広告制作会社で、残業代は出なかった（全額出したら会社が潰れる）が、そのかわり夕飯は食べ放題。たいていは出前だ。カツ丼＋ざるそば、ラーメン＋チャーハン。残業代を取り返す勢いで毎晩大飯を食らっていた。僕はいつも腹をすかしていて、質より量が大切だった。

いまになって思う。もっとちゃんと食べておけばよかった。あの頃の築地にはいい店がたくさん揃《そろ》っていたのに。

昼は同僚と連れ立って近くの店に行った。合掌造りの飛騨《ひだ》料理屋のランチメニューは豚丼のみ。濃厚なタレ焼きの豚肉とくたくたの長葱《ながねぎ》をどんぶり飯にぶっかけただけなのに、なぜかうまかった。

夫婦で営む中華料理店の名物は、高菜ラーメンだ。平打ち麺とスープが絶品。カツカレー発祥の店だという洋食屋は関東では珍しかった牛カツが食べられた。

日本語がうまく通じない台湾料理店の老肉飯《ローバハン》は、エキゾチックな味つけの豚の三枚肉とメンマをどんぶり飯にぶっかけただけなのだが、これがまたうまくて

――なんだか肉のぶっかけ飯ばっかりですね。

築地といえば新鮮な魚なのに、思い出すのががっつり系の料理ばかりなのは、僕が肉食系（食べ物に関してだけだが）のせいもあるが、築地の寿司屋や和食の店は、よそからのお客さまのためのもので、地元の安サラリーマンは値段的に相手にされていなかったからだ。

その後、会社を辞め、フリーランスになったのだが、事務所も築地に開き、小説家専業になる少し前まで居続けた。一人きりの事務所だから、会社を辞めたとたん食事は適当になって、コンビニやファーストフードですませることが多くなった。年齢的にもがっつり系が厳しくなってきたし、そもそも先に挙げた行きつけの店も、チェーン店に押されてどんどん消えてしまっていた。

一人きりの仕事はいまも同じで、昼はたいてい仕事場近くのコンビニ飯ですます。ときどき無性に、あの頃の、もう店も消えてしまった築地飯が懐かしくなる。

ああ、ぶっかけ肉飯、食べたい。

おぎわらひろし●1956年埼玉県生まれ。成城大学卒業後、コピーライターを経て、97年『オロロ畑でつかまえて』で第10回小説すばる新人賞受賞。2016年には『海の見える理髪店』で第155回直木賞を受賞した。

強右衛門、最後の食事

森下典子（エッセイスト）

小学三年の土曜の昼。いつものように走って家に帰ると、私はランドセルを放り出して庭を眺めた。

（ああ……、明日も休みだ！）

そう思うと、目の前に、果てしなく自由が広がっているように思えた。

「お昼ご飯よ〜」

と、母の声がする。茶の間の卓袱台《ちゃぶだい》に、ご飯と味噌汁《みそしる》が並んでいた。まだ電子レンジのなかった時代、昼のご飯は冷たいままだった。おかずは、鮭《さけ》の切り身とほうれん草のお浸し、キュウリの漬物。

私はいそいそと卓袱台の前に座った。午後一時を過ぎると、ＮＨＫ大河ドラマの再放送が始まるのだ。私は、会社から帰ったお父さんがプロ野球中継を見ながら一杯やるように、大河ドラマの再放送を見ながら、昼ご飯を食べた。

その年の大河ドラマは「太閤記《たいこうき》」だった。時は戦国。長篠《ながしの》の合戦の場面だった。一人の足軽が豪快に食事している。男の名は鳥居強右衛門《とりいすねえもん》。彼は味方の窮地を救うため、城を抜け出し、数十キロの野山を走りに走って、援軍を要請し、再び駆け戻って味方の待つ城の目前まで戻ったところで、ついに敵に捕まってしまった。敵は、強右衛門に寝返りを促す。

「『援軍は来ない。城を明け渡せ』と叫べば、わが味方に取り立てよう。言わねば処刑する」

強右衛門は、寝返りを承諾して、差し出された食べものを空《す》きっ腹にかき込む……。

強右衛門を演じた「北村和夫《きたむらかずお》」という俳優の名は大人になってから知ったが、小学三年の私は、その食いっぷりに見惚《みほ》れた。太い長ネギに生味噌をつけてバリバリとたて齧《かじ》りし、茶漬けをうまそうに豪快にかき込んで、実に満足そうな顔をするのである。

それは、死を覚悟の最後の食事だった。やがて強右衛門は、城の味方の目の前で、

「お味方の皆々様、援軍は間もなく来ます！　心強くして持ちこたえてくださされ！」

と、叫び、その場で処刑される。

（あれは、きっとおいしい……）

私は無性に、長ネギに生味噌をつけて齧ってみたかった。ネギと味噌だもの。きっと、おいしいに違いない……。

そして、数日後、太い長ネギに生味噌をつけて、バリッと齧ってみたのである。

「……！」

その途端、上顎に響くようなネギの辛みで、涙がにじみ、私はこってりつけた味噌のあまりのしょっぱさに身悶《みもだ》えした。

私はもう二度と、長ネギと味噌のたて翻りはしなかった。が、今でも、土曜の午後、大河ドラマの再放送を見ながら昼ご飯を食べる時ほど、「週末」の自由を感じることはない。

もりしたのりこ●1956年、神奈川県生まれ。大学時代から「週刊朝日」連載の人気コラム「デキゴトロジー」の取材記者として活躍。その体験をまとめた『典奴どすえ』を87年に出版。『こいしいたべもの』（文春文庫）、『日日是好日「お茶」が教えてくれた15のしあわせ』（新潮文庫）など著書多数。

最後のお弁当

寿木けい（エッセイスト・料理家）

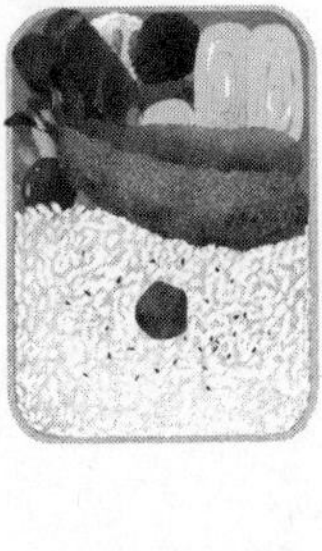

高校生の頃、私の頭のなかは東京で暮らすことでいっぱいだった。新聞広告を伝手《つて》に不動産情報を取り寄せては、大学進学を機にひとり暮らしをする日を夢見ていた。

念願が叶《かな》い、十八歳で故郷・富山を離れて東京の大学へ進むことになった。いよいよ東京へ引っ越すという日の朝、新幹線の車中で食べるためのお弁当を母が作ってくれた。それまでも受験のたびに何度か新幹線で東京と富山を往復していて、移動中に食べるお弁当は必ず母の手作りと決まっていたのだ。

しかし、その日の母の背中はいつもと違っていた。より時間をかけて丁寧におかずをこしらえていて、気安く声をかけられない凄《すご》みさえ感じられた。

越後湯沢《えちごゆざわ》駅で在来線から新幹線に乗り換えてから、ひと息ついて、私はやおら弁当箱を開いた。

開いたとたん、大きなエビフライが二本、飛び出さんばかりにブルンと揺れた。私の大好物であるエビフライがお弁当に入っていたのは、じつは初めてのこと。そして、最後のこと。この車両で一番おいしい昼ごはんを食べているのは私だという誇らしい気持ちになったことを、今でもよく覚えている。

母のお弁当には、シンプルながら誰にどこから覗《のぞ》かれても恥ずかしくない絵心のようなものがあった。レシピ本や料理番組を熱心に見て研究する時間などなかったひとだから、五人の娘を育てるなかで、彼女なりのやり方を身につけていったのだろう。

娘たちをひとりで育てあげた母は、末っ子である私の高校卒業が近づくにつれて、いつか必ずやってくる「お弁当を作らなくてもいい日」をさみしがるような、待ちわびるような、どちらともつかないようなことを言うようになった。

「育てるものがなーんにもなくなる」

こんなふうに茶化してみせては、時を同じくして、花や野菜を熱心に育てはじめた。そして、植物は手をかけたぶんだけ、すくすく大きくなって応えてくれると嬉《うれ》しそうに話すのだ。それに対して私は——残念ながら、素直でかわいい娘だったとは言いがたい、難しい思春期を過ごした。

母がどんな思いでお弁当を詰めていたのか、私も働きながら子どもを育ててみてようやく分かるようになった。手を動かして料理をすることは、暮らしを整え、家族の健康を守ることはもちろん、母自身がまっすぐに立っているための羅針盤だったのではないだろうか。

食べることをおろそかにしない姿勢は、私のなかにも確かに根をおろしている。それは、他には代えられない財産である。

すずきけい●富山県出身。大学を卒業後、出版社に勤務。編集者として働きながら執筆活動をはじめる。『わたしのごちそう365 レシピとよぶほどのものでもない』（河出書房新社）、『土を編む日々』（集英社）、『泣いてちゃごはんに遅れるよ』（幻冬舎）など著書多数。2022年から山梨県在住。

ビワの実ぷかぷか

清水由美（日本語教師）

通っていた幼稚園は、家のすぐ裏手にありました。というか、幼稚園の裏にわが家が貼りついていたわけですけれども、園の敷地から手を伸ばして板戸を引き開ければ、わが家のちいさな庭に通じていました。幼稚園のトイレがどうにも怖かった幼い私は、その必要を感じるたびに「帰宅」。母はいつだって家にいてくれて、「あんたもそろそろ年長さんやし、いい加減みんなとおんなしお便所使えるようにならんとだしかんよ（ダメだよ）」と笑うのでした。

かくて幼稚園児の毎日はこともなく過ぎていったのですが、ある日、はっきりオトナになったと感じるできごとがありました。朝の出がけに言われたのです。

「きょうはちょっとじいちゃんとこ行って来んならんでな。裏の戸の鍵は開けて

くけども、帰って来ても母ちゃんおらんかもしれんよ」。母の実家は、片道二時間ほどもバスに揺られて行く山の奥なのです。

帰っても母ちゃんがおらん……、それはドキドキするような宣告でした。

帰ってみると、宣告どおり、母はまだ戻っていません。しーんと静まり返った家は、よそのおうちのようです。台所に回ると、タイル貼りの流しに置かれた洗い桶《おけ》に、ビワの実がぷかぷか浮いていました。蛇口から少しずつ水が滴るようにしてあって、水が落ちるたびにビワは動きます。細長い庭からさしこむ午後の日を受けて、産毛をまとったその実は、沈めば銀に光り、浮けば温かな日の色を見せます。

「おやつ」と書いたメモでもあったのか、当時の私にそれが読めたのか……。ともあれ、初めてのお留守番をする娘に母が置いて行ってくれたおやつだということは、了解できました。しかし、それを食べたのか、皮は上手にむけたのか、甘かったかすっぱかったか、覚えていません。ただ、目の高さの水面を浮きつ沈みつただようビワの実にみとれながら、わけもなく泣き出しそうな、胸がちりちりする感覚だけを鮮明に覚えています。

還暦も過ぎて今やすっかりひねこびた生き物に仕上がった私ですが、ビワを見つめていたあの日の女の子は、記憶のかなたの、見失いたくない、ちいさな灯《あか》りです。

しみずゆみ●岐阜県高山市生まれ。東京外国語大学英米語学科卒業。お茶の水女子大学大学院修士課程修了。現在、千葉大学、法政大学大学院などで留学生対象の日本語クラスを担当（非常勤講師）。著書に『日本語びいき』（中公文庫）、『すばらしき日本語』（ポプラ新書）など。

もう会えない味

柳本あかね（グラフィックデザイナー）

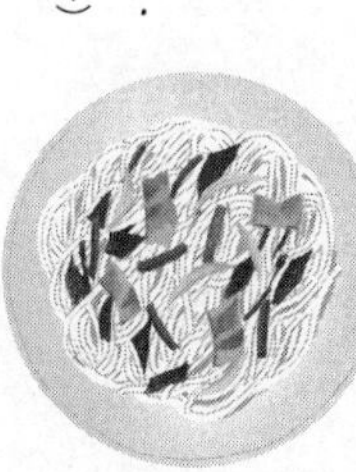

「3B」という。高校のクラスではない。それがそのパスタのメニュー名だ。

新卒で入社した会社の上司、確か当時、業務部の課長だったか主任だったかそのあたりの細かいことは忘れた。自由な社風も手伝い、いつもくたびれたジーンズにトレーナーを着ていた。青、が多かったように記憶している。もっとも真夏にトレーナーもないのだから、きっとTシャツやら冬にはセーターも着ていたんだろう。でも私の中で思い出すのはいつも青のトレーナー姿なのだ。そういえば誰かが、清《きよ》志《し》郎《ろう》に似てる、といっていたが、そこはどうだろうか。ともかく、その青のトレーナーはよく似合っていた。

たまにランチに誘われると、連れていかれるのは、いつも会社の隣のビルの地下にあるパスタ屋だった。艶光りした木の重いドアが、開けるたびにキーッと鳴るような古きよき時代の空気を纏《まと》った店だった。

「3B」。ベジタブル、ベーコン、バター醬油《しょうゆ》の3つのB。つまり、野菜とベーコンのバター醬油炒《いた》めパスタ、というわけだ。シンプルだけど鉄板の組み合わせ。何度食べても飽きることのないそのパスタを、しゅるしゅると忙《せわ》しなく口に運びながらいう。

「35歳までなら、何にだってなれる。怖いものなんかないだろ」

持論の人生35歳説を力説する。本人にいわせれば、人間はそれ以降は心身ともに隠居生活に入るのだから、それまでにやりたいことを何でもやるべきだ、そうだ。

その教えに従って、私はその後勤めていた会社を辞め、デザイナーを目指し、カフェを経営し、はたまたいまでは作家業も並行している。

退職後もしばしば食事に連れていってくれては、そんな私に

「楽しそうでいいなあ」

と目を細めた。上司の教えを忠実に守ったまでのことだ。

それから何年もの月日が過ぎたある夏の夕方、当時の同僚から、原因不明の難病で亡くなった、と連絡を受けた。お葬式で、やっぱりラフな服装で（トレーナーだったかもしれない）笑顔を向ける写真の前で、不謹慎ながら、私は心の中で「バカ」と呟《つぶや》いていた。今度はフカヒレを奢《おご》ってくれるんじゃなかったのか。自由に生きる道を照らす先導者がいなくなって、これからどうやって歩いていけばいいんだ。だいたいこんな風に寄り道だらけの人生になったのは、誰のせいだというのだ。

会社の隣のパスタ屋は、店主の高齢を理由に、数年前に店を閉じたと聞いた。いつかちゃんと一人前になったら、お墓参りをしたいと思う。その日はまだきていない。もう35歳はとうに過ぎてしまったけれど。

やなぎもとあかね●静岡県出身。二級建築士。東京・飯田橋のカフェバー「茜夜」店主。日本茶インストラクターの資格を生かし、講座やワークショップも開催。著書に『小さな家の暮らし』（エクスナレッジ）など。また『今宵も喫茶ドードーのキッチンで。』（双葉社）など標野凪名義で小説家としても活動。

叔母のハンバーグ

名久井直子（ブックデザイナー）

中学の昼食は、お弁当だった。高校になれば、買い食いもできたり、学食にも行けたけれど、中学生はそうもいかず、OSAMU GOODSやピーターラビットの絵のついた弁当箱を持って通った。母のお弁当は毎日おなじで、白いご飯とふりかけ、卵焼き、鮭《さけ》の切り身だった。昼食の時間は、机を向かい合わせにして、班ごとに食べていたから、嫌でもほかのお弁当が目に入る。おむすびに目鼻がついていたり、ウインナーがタコになっていたり、フルーツがたくさん入っていたり、はなやかなお弁当がうらやましかった。中にはカレールーとご飯を別々のタッパーで持ってきた人もいて、それはそれで、またまぶしかった。ある時、母に「もっとお弁当にいろどりがほしい」とねだってみた。次の日、とても楽し

みに蓋をひらいたら、クリームソーダに入っている、あの赤いさくらんぼがご飯と卵焼きの間にはさまっていた。赤く染まったご飯（梅干しに染まるならまだしも）、赤く染まった卵焼き……。おかずにもご飯にもあわないほの甘さ……。数日続いたところで、「さくらんぼはやめて」と伝えたら「あんたが言ったからじゃない！」と怒られた。それから卒業まで、さくらんぼのない、元のお弁当になった。

小さい頃から母はしつけに厳しく、ご飯を食べる時は両手がでていないといけなかったし、箸で皿を引き寄せたらビンタがとんだ。一番つらかったのは、食べ終わるまで何日でも同じおかずがでたこと。煮染《にし》めの好きな具がなくなってき、最後に苦手な具材（結んだ昆布）だけが残っていくのがつらかった。また、これは大人になってから、酒席などで話すと大抵驚かれるのだが、小皿に入れた醤油《しょうゆ》も、なくなるまでおかれ続けた。「自分の醤油量をわかれ」とよく言われ、たぷたぷに小皿に入れた醤油のフチが、何日か経《た》つとざらめみたいに固まっていたのを覚えている。そのせいで、今でもお寿司《すし》やさんなどで小皿に入れる醤油はほんの少しだけ。この話を聞いた友人たちも、醤油を入れる時に少しになってしまったらしい。

母との食の思い出は、なんだか苦しいものが多いのだけれど、その分、隣に住んでいた叔母《おば》からおすそわけがくる日は、最高にうれしかった。作り方を聞いても「いつも適当よ」と答えるのに安定して美味《おい》しいハンバーグや、イカリングや、鶏のチューリップや、手のこんだ料理の数々は、今こうやって思い出しても美味しさがよみがえるほど。実家を出ても、帰る度に叔母はハンバーグを作って待っていてくれたのだが、高齢になって、いつからかもうあの美味しいハンバーグじゃなくなってしまった。美味しい時間は有限なのだと知った。

なくいなおこ●岩手県出身。武蔵野美術大学卒業後、広告代理店を経て2005年に独立。ブックデザインを中心に紙まわりの仕事を手がける。2014年、第45回講談社出版文化賞ブックデザイン賞受賞。

母からもらったパンの基

池田浩明（パンライター）

僕はパンオタクを仕事にしている。パンのおいしさを言葉で伝える仕事だ。「パンがたくさん食べられていいですねー」とよく言われる。「はい」と答える。パンといつもいっしょに生きていける僕は、最高に幸せな人間だと自分でも思う。

こんなことが生業《なりわい》になるのも、母が無類のパン好きで、幼少の頃からいろんなパンを食べさせてくれたからだ。僕は5歳のときからバゲットの味を知っていたし、7歳にしてクロワッサンを好んで食べていた。無数のパンの記憶が、ふとした瞬間、言葉になって出てくる。母は僕がパンを生業とするための「基《もと》」をくれたのだ。

たとえば、僕はある種のドーナツを「なつかしい」と表現する。それは、母がホットケーキミックスをこねて、サラダ油で揚げ、粗めの白砂糖をつけた、重曹の匂いが入りまじったドーナツの香りだ。

ある種のイーストの匂いのことも「なつかしい」と書く。それは、母が時折作ってくれたロールパンの匂いにひも付けられている。一人息子に手作りのパンを食べさせたいと母はオーブンを買い、焼きすぎて皮がぱさぱさになっているか、白焼けでイーストの匂いがやけに立ったパンを作ってくれた。そんなできそこないでも、僕は夢中になって、あるだけぜんぶ食べた。母がくれたパン体験という基があるから、僕はパンを言葉で表現できる。

パンを生業にするようになった僕に、後期高齢者となった母が、耳にタコができるほど繰り返したのはこんな話だ。幼くして死別した母の父（つまり私の祖父）が会社帰りにいつもあんぱんやらクリームパンを買ってきてくれたので、それを食べたさに玄関で待っていたという。

「そういう因縁があるけん、あんたもパン好きになったったい」

母の言う「因縁」とは、つまり、私が母からもらった基は、もともと祖父から母がもらったものだったということだ。では、祖父がもともと持っていた基はどこから来たんだろう。そして私がもらった基を私の子は受け取るんだろうか？　受け取らないんだろうか？　そして私の孫は……。

食事は基になる。感性の基であり、人間性の基。いいにつけ、悪いにつけ。意識的か無意識的かにかかわらず。食事は大事、という実にありきたりで、けれど揺るぎない結論に行き着く。

母が亡くなったとき、僕は母の思い出について、お葬式や出棺のときやそのあともいろいろ考えていたけど、思い出すのは、やっぱり母が作ってくれたドーナツやロールパンのことなのだ。大事な基をくれた人に僕はなにを返せたのだろう？　そう考えると悔やまれてならない。

いけだひろあき●パンの研究所「パンラボ」主宰。ブレッドギーク（パンオタク）。パンを食べまくり、パンを書きまくる。著書に『日本全国　このパンがすごい！』（朝日新聞出版）などがある。

さくさくもっちりハムスイコ

柳沢小実（エッセイスト）

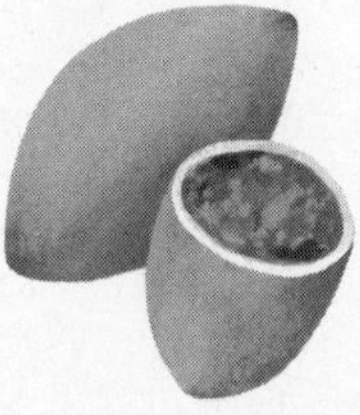

「あれ、食べたいなぁ」――揚げ物に目がない私が、折りにつけて思い浮かべるのは、中華料理の「ハムスイコ」です。

ハムスイコ―咸水角―は、香港や中国南部で親しまれている点心。白玉粉に砂糖と水を足して生地を作り、肉や海老《えび》、しいたけ、ネギを炒《いた》めて醤油《しょうゆ》で味つけした餡《あん》を包みます。それを油で揚げると、外はさくっ、中はもちもちとした揚げ餃子《ぎょうざ》のできあがり。酢醤油をつけていただいていました。

このハムスイコというメニューが食卓に上るようになったのは、たしか昭和58年、私が8歳の頃。母がお友達の家に招かれて、教わりながら一緒に作ったのがきっかけだそうです。母は「こんなに美味《おい》しいものが家でも作って食べられるとは！」と感激し、そのおかげで、家族みんなの大好物になりました。私の揚げ物好きも、間違いなくこの料理に由来しているはずです。

ハムスイコは、週末にしばしば作られていましたが、子供が大きくなるにつれて、はたまた母のハムスイコブームの終焉《しゅうえん》か、いつしかそのような機会も減って、「そういえば、あれ美味しかったなぁ」と時折思い出すメニューになっていました。

記憶の中の味を求めて、国内のレストランをはじめ、香港やアジア各国の飲茶《ヤムチャ》店でも前のめりに注文してみましたが、どれもこれも、母の味にはかなわない。子供の頃は今よりも味覚の幅が狭かったとはいえ、家族のために手をかけて作った料理に勝るものはないのでしょう。

思い返せば、母が丁寧にごはんづくりをする人だったので、食については恵まれていたように思います。家には有元葉子《ありもとようこ》先生や土井勝《どいまさる》先生のレシピ本があり、北欧やフランスなどの調理道具やうつわなどを使いながら、味も彩りも良いごはんを日々真面目に作ってくれました。母が暮らしに向き合う姿勢には、多大な影響を受けています。

親元から独立して十数年が経《た》ちましたが、それでも母には到底かないません。家庭を切り盛りし、家族の健康を担う母への尊敬の気持ちは、年を重ねるごとに、ますます増しています。

ちなみにこのハムスイコは、妹の夫もすこぶる気に入ったそうで、ここまでくるとちょっと変わり種ですが、〝柳沢家の殿堂入りレシピ〟といってもいいかもしれませんね。

「このレシピは財産だから、できれば引き継いでほしい」と母は言います。「餃子よりも簡単よ、包むのも楽だしね」とのことなので、そのうち家族一同で集まって、ハムスイコパーティーでも開きましょうか。

やなぎさわこのみ●1975年、東京生まれ。衣・食・住・旅にまつわる著書を数多く刊行している。また、収納好きが高じて、整理収納アドバイザー1級を取得。身軽ですっきりした暮らし方を研究中。『おうち時間のつくり方』（だいわ文庫）など著書多数。

それぞれのインスタント・ラーメン

高山なおみ（料理家）

去年（二〇二〇年）私は、東京の書店で配信形式のトーク・ライブをしました。お相手は『食べたくなる本』（みすず書房）の著者、三浦哲哉《みうらてつや》さん。三浦さんは映画の批評家ですが、料理本についても研究熱心で、気に入った本をみつけるとレシピを試し、家族のためにも朝、昼、晩と毎日ごはんを作っているんだそうです。

トークの終盤で、インスタント・ラーメンの銘柄の話になりました。三浦さんが好きなのは「明星チャルメラ」。子どもの頃、日曜日になるとよくお父さんが作ってくれたからとのこと。ふだん大学の先生をしていらっしゃる頭脳明晰《ずのうめいせき》な三浦さんが「あの、銀色の袋を開けたときの匂いが……」と、袋をちぎる手振りをしながら言ったとき、隣で聞いていた私は嬉《うれ》しくなりました。私たちの間には、アクリルの透明ボードが立ちはだかっていたけれど、三浦さんの眼鏡の奥の目は、お父さんと台所に立っている子どもの頃の目で、鼻は、今まさに銀色の袋のスープの匂いを嗅《か》いでいるんだとわかったから。

ところで私は、昭和三十三年生まれ。日本で最初の即席麺「日清チキンラーメン」が発売されたのと同じ年です。

子どもの頃の日曜日のお昼は、うちもラーメンでした。父の好みで、必ず「マルちゃん ハイラーメン」。私はマッチの火がつけられなかったので、三人分を姉兄がお鍋でいちどに作り、卵を落としたり、魚肉ソーセージをのせて食べていました。でも本当をいうと私は、あまりおいしくないなあと思いながら食べていたんです。薄味のスープは卵のせいで透明感がなくなり、麺も食べているうちにどんどん伸びてくる。食べても食べても減らないあの感じ。

小学二年生のとき、生まれてはじめて心底おいしいインスタント・ラーメンに出合いました。同級生のかずみちゃんの家で、かずみちゃん本人がマッチをすって作ってくれたのは、発売されて間もない「サッポロ一番」のしょうゆ味。歯ごたえを残したけっこう硬めの麺、乾燥ねぎが混ざったコクのあるスープはちょっと濃いめで、具は何もなしの潔さ。小袋に入った「特製スパイス」をふりかけたときの、あの嗅いだことのない複雑な香りといったら！

それから数十年がすぎ、三十代になった私は、若くして逝《い》った男友だちのお通夜の晩に友人と三人で呑《の》み明かします。泣いたり、笑ったり、くたびれ果てた明け方に、白い湯気を上げながら出てきた「サッポロ一番」のみそ、塩、しょうゆが混ざり合ったラーメン。そのひと鍋のラーメンを、お椀《わん》に分け合いすすりました。やわらかな麺、果てしなく主張のないスープの味は、空っぽの胸と体にしみ渡るようでした。

たかやまなおみ●1958年、静岡県生まれ。レストランのシェフを経て料理家に。文筆家としての顔も持つ。ひとり暮らしの自炊アイデアをまとめた『自炊。何にしようか』（朝日新聞出版）や『気ぬけごはん2』（暮しの手帖社）など著書多数。

おばちゃんが運んできた味

上田聡子（作家）

初夏になると、母の揚げたあごのフライが食べたくなる。あごとは、とびうおの方言だ。最近では、あごだしが随分有名になってきたため、だしのほうでご存じの方も多いかもしれないが、我が家では、三枚におろしたあごを、フライにするのが定番だった。

お刺身だと脂が少なく、あじやいわしの美味《おい》しさに負けてしまうあごだけれども、フライにすると、もともと淡泊な風味がサクサクの衣と合うので、いくらでも食べられてしまう。ソースやマヨネーズをかけるのがおすすめだ。

母がどこであごを調達していたかといえば、それはリヤカーを引く魚売りのおばちゃんからである。

私が生まれ育った石川県輪島《わじま》市は、朝市が有名だけれど、いまだ「振り売り」の行商文化が残っていて、漁師町のおばちゃんたちがリヤカーを引いて魚を売り歩く姿を現在も街中で見ることができる。

主婦たちは、リヤカーが家の近くを通る時間をだいたい把握していて、頃合いを見て魚を買い求めに出てくるのだ。リヤカーの荷台には氷入りの発泡スチロールの箱が並べられ、漁師をしている夫や息子が獲《と》ってきた魚に加えて、早朝の港で仕入れた魚が並べられている。商品の上には、雨や日差しを避ける大きなパラソルが立っていて、その下に渡された棒に、お手製の干物がにぎやかに風に揺れる。中央にまな板と秤《はかり》がセットされ、お客さんの望み通りに三枚におろしたり、刺身のサクにしてくれたりもする。

夫婦共働きだった私の母は、我が家の引き戸式の車庫の奥に、小型冷蔵庫を置いて、リヤカーのおばちゃんに魚を入れてもらっていた。その日の一番おすすめの品を、おまかせでお願いするというやり方だ。箱の中の大学ノートに品書きと代金が書かれ、母が帰宅してからお金を入れておくと、次におばちゃんが来たときに回収されるという、まあのどかな仕組みであった。

私も弟も、リヤカーのおばちゃんが持ってくるお刺身がとくに大好きだった。ぷりっぷりの大きな甘えびや、ねっとりと甘いくるまだいの昆布じめ、たらの子つけ（たらのお刺身に、たらの真子《まこ》を薄味で炊いたものをまぶしてある）もよく食卓にのぼった。おばちゃんたちが持ってくるお魚は、抜群に新鮮でおいしいのだ。また、笹《ささ》がれいの一夜干しも、焼いて食べるとその塩気がごはんと合い、家族が競って手を伸ばしたものだ。

雨の日も、風の日も、リヤカーを引いて、うちの近くまで来てくれたおばちゃん。おばちゃんが持ってきてくれた魚の美味しさは、ずっと忘れない。

うえださとこ●石川県出身。「ｎｏｔｅ」に「ほしちか」名義で作品を投稿し話題になる。著書に『金沢 洋食屋ななかまど物語』（ＰＨＰ文芸文庫）がある。

忘れられないごはん

光原百合（小説家・児童文学作家）

このエッセイの依頼をいただいて、子供時代のことを思い返し、忘れていたけれど忘れられない、ほろ苦い経験を思い出しました。

小学校の運動会。確かまだ一年生か二年生の頃。運動全般が苦手だった私にとって、運動会での楽しみといえばお弁当の時間だけ。保護者が校庭のあちこちにシートを広げ、午前中の競技が終わったら子供たちがそこに合流してお弁当を食べることになっていました。当時からちょっとトロくて方向音痴だった私を心配してか、母は何度も「お昼になったら、校庭のトイレの前で待っているから、そこに来るのよ」と言っていました。

午前の競技がようやく終わり、私はおべんと、おべんとと楽しみな気持ちで合流地点を目指しました。するとその近くで近所のおばさんに見つかってしまい、「百合ちゃん、ここ、ここ」と声をかけられました。ご近所の人たちが、そのあたりにかたまってシートを広げていたのです。

そこに行ってみると母はおらず、うちのお弁当のお重は置いてありました。私を見つけたおばさんが、「おなかがすいたでしょう。お食べなさいな」としきりに勧めてきます。私は「お母さんがトイレのところで待っていると言ったから、そこに行く」と言い張ったのですが、おばさんは「迷子になったらいけないから、ここにいなさい」と、私の言うことには耳を貸してくれませんでした。こういう場合、子供が「押しの強い近所のおばさん」に勝てるわけはありません。とうとう断り切れなくなって、うちのお弁当のお重を開けて中のおにぎりなどを口にしました。うちの母は、日ごろからあれこれまめに料理をしてくれていました。私が偏食の激しい子供だったので、献立には苦労していたのではないかと思います。その日も、晴れの運動会の日ということで、私の好物をそろえてくれていたことでしょう。しばらくして母がそこにやってきて、私が姿を見せないので心配していたのにそこでのんびり（と見えたらしいです）お弁当を食べているので、「あそこで待っていると言ったでしょう！」とそれはそれは厳しく叱られました。

電子レンジや冷凍食品といった便利なものもまだ普及していなかったころ、きっと朝早くから起きて、娘の好きそうなおかずを準備してくれただろうに、おなかをすかせて心配しながら待っていた自分を放って娘が先に食べていたら、腹も立ちますね。今にして胸が痛みます。私は泣き泣き「だって○○のおばさんが……」と弁解しました。その後のお弁当の味気なかったこと。

私にとっての忘れられないごはんとは、このほろ苦い思い出が一番です。

みつはらゆり●広島県生まれ。大阪大学大学院修了。尾道市立大学芸術文化学部教授。詩集や絵本、童話を執筆しながら、1998年、初のミステリー『時計を忘れて森へいこう』（東京創元社）を上梓。2002年「十八の夏」で、第55回日本推理作家協会賞（短編部門）を受賞。

思い出の味

近藤史恵（作家）

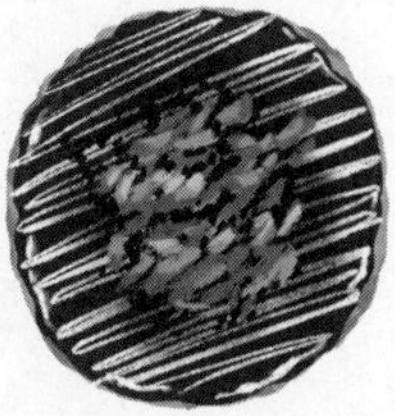

うちにはホットプレートがない。そういうと驚かれることがある。一人暮らしなので、焼き肉などもフライパンで焼いて、皿に盛りつけてからテーブルに運ぶ。猫舌なので、どうしても熱々を食べないといけないわけではない。

「でも、お好み焼きはどうするの？」

大阪なので、そう聞かれる。もちろんお好み焼きはよく食べるが、フライパンで焼く。だが、子供の頃は違った。

わたしの家には、ガスコンロのついたテーブルがあり、真ん中の天板を外して、そこに鉄板をセットすることができた。鉄板を囲んで、家族や友達と交代で、お好み焼きを焼いた。たこ焼き器を使って、たこ焼きを作ることもできた。

今ではテレビの団らんシーンなどを見ても、卓上コンロがほとんどで、昔、うちにあったようなガスコンロ付きのテーブルなど見かけない。そもそも、どれだけ一般に普及していたのかもわからない。

焼き肉やお好み焼きは、ホットプレートで作ることが多いのだろう。それはそれで便利だと思うけれど、わたしはどうしても、子供の頃家族と囲んだ、黒光りする鉄板のことを考えてしまう。

お好み焼き屋のほど大きい鉄板でもなく、火力が強いわけでもなかったが、そこで作ったお好み焼きはおいしかったし、鉄板の熱で、部屋がぽかぽかと暖かくなるのもうれしかった。

今、ホットプレートを買う気になれないのも、あのとき、鉄板を囲んで焼いたお好み焼きとくらべてしまうからかもしれない。だったら、フライパンで焼いたものを、お皿にのせて食べるので別にかまわない。

だが、あるとき、YouTubeの動画を見ていたわたしは、アッと声を上げた。

それは韓国の女性が料理を自分で作り、食べている動画だった。一人暮らしらしき彼女の部屋には、昔、うちにあったようなガスコンロ付きのテーブルがあった。彼女は、そこでチゲを作り、魚を焼いて、おいしそうに食べていた。

いいなあ、と思ってしまった。もちろん、卓上コンロでも同じことはできるのだが、面倒くさがりだから、わざわざ卓上コンロを出すよりも、蓋を開ければそこにコンロのあるテーブルの方が便利そうに感じてしまう。

おいしいものを、よりおいしく食べるためのテーブルだ、と思った。

ガスコンロ付きのテーブルは今ではあまり売っていないようだ。業務用のものしか見かけなかった。仕方がないので、わたしは今日もフライパンでお好み焼きを作り、テーブルで食べる。

こんどうふみえ●1969年、大阪府生まれ。大阪芸術大学文芸学科卒。1993年、『凍える島』で鮎川哲也賞を受賞してデビュー。2008年、『サクリファイス』で大藪春彦賞を受賞。『昨日の海と彼女の記憶』（PHP文芸文庫）など著書多数。

肉じゃが東西二刀流

岡田桃子（神職・エッセイスト）

中学生の頃、埼玉から東京の四ツ谷に通学していた私は、まだ月が出ていたりする早朝に家を出発し、二時間近く電車に揺られ学校にたどりついていました。当然、お腹《なか》がすくので早弁です。母が毎朝五時に起きて作ってくれるお弁当は、どれも味のはっきりと濃い、きりきりシャンとしたおかず。なかでも好物は、当時の私が「肉じゃが」だと思っていた一品です。

じゃがいもをいったんカラッと油で揚げ、牛肉、生姜《しょうが》といっしょにジャッと炒《いた》め、酒・砂糖・醤油《しょうゆ》をまわしかけて強火で仕上げて完全に汁気を飛ばした料理。工程は中華、味付けは和風。揚げじゃがいもが、飴色《あめいろ》のコクとお肉のうまみをまとって、お弁当のひやごはんにぴったりなのです。

二時間目の休み時間にはすべて平らげ、昼休みは学校に来るパン屋さんからコロッケパンなどを買って食べ、運動部の部活帰りは秋葉原に寄り道してファストフードを買い食い。埼玉に帰ったらがっつり晩ごはん。十代はとにかくお腹がすきました。

さて、母の肉じゃがが、世間で言う肉じゃがではないと知ったのは、大阪にある神社の社家《しゃけ》に嫁いでからです。いまにも崩れそうなじゃがいもが、だし汁の湯に浸《つ》かっていて、相棒は牛肉の薄切りだけのはずが、玉葱《たまねぎ》や人参《にんじん》まで入っている、この汁汁《しるしる》したのが、「肉じゃが」だったとは。

思えば、実家では汁汁したおかずがほとんど出てきませんでした。料理する母の好みだったのでしょう、魚も焼いてあるか揚げてあるかで、煮魚は出ない。鍋だって、学生時代の闇鍋が私の初鍋でした。

それに比べて関西のおかずは、粉もん以外はほとんどだし汁に浸かっているか、そうでなければ半分だし汁でできています。京都出身の姑《しゅうとめ》が美味《おい》しい美味しいと言ってわざわざ買い求める料理屋さんのだし巻き卵も、私にとってはお湯で薄まった卵焼き。濃厚で甘っ辛く、こうばしい焦げ目がついた母の卵焼きが恋しく思われました。

それでも、関西暮らしに慣れるにつれ、だし汁でひたひたに煮る、汁汁した料理が上手になり、好物になり、だし巻き卵もはんなり美味しく、大根おろしをのっけて食べると最高だなと、今では心底思います。私の舌は、関西のだし汁に魂を売ったのです。

ところが、大阪で授かった男女の双子が中学生になり、食べ盛りの彼らにお弁当を作るようになると、気づいたら汁気のない濃い味の肉じゃがを猛スピードで作っている自分がいました。じゃがいもを揚げるのは面倒なので電子レンジで軟らかくしてから炒めるけれど、味と雰囲気は、母の肉じゃがとほとんど一緒。パンチのきいた母の手料理を、無意識に記憶の抽斗《ひきだし》から出して、私の舌は、西と東の二刀流になっているのでした。

おかだももこ●インド最大の経済都市ムンバイ生まれ、埼玉育ち。現在は大阪府枚方市片埜神社に権禰宜として奉職中。『嫁いでみてわかった！　神社のひみつ』（祥伝社黄金文庫）ほか著書多数。

わが家のハンバーグ

望月麻衣（作家）

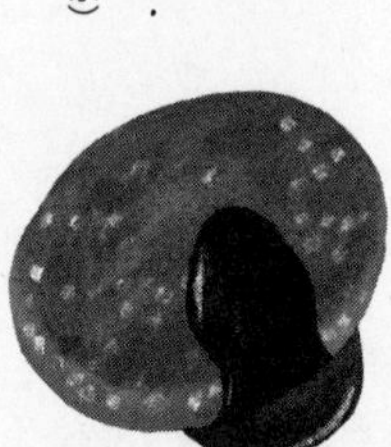

恥ずかしながら、私は好き嫌いの多い子どもでした。基本的に野菜全般、特にピーマン、トマト、キュウリ、玉ねぎ。中でも玉ねぎは、ウッとこみ上げるほど大嫌い。

当時、母は、そんな私に無理やり食べさせるようなことはせずに、工夫をして野菜を食材に取り込んでくれました。玉ねぎも、肉じゃがやカレーやシチューに入っていれば食べられたのです。特に玉ねぎのじゃくりとした、独特な苦みが苦手だったので、しっかり調理されていれば美味《おい》しく食べられました。

母が作ってくれたハンバーグは、野菜がたくさん入っているけれど、形も分からないほどに細かく刻んであるのでそれを感じさせず、お店のようにふわふわしていました。私はそんなわが家のハンバーグが大好きだったのです。

そんな私も大人になると、不思議なもので、自然に野菜を食べられるようになりました。ピーマンやキュウリも美味しさを感じられるようになりました。大嫌いだったトマトは好物にまで昇格しています。ですが、未《いま》だに食感が残っている玉ねぎだけは苦手なままでした。

結婚後、私は自信たっぷりに実家仕様のハンバーグを出したのですが、食べた夫はしかめ面。野菜の食感がなく、それが物足りないというのです。

聞くと夫の実家では大きめに切った玉ねぎがゴロゴロと入っていて、ハンバーグを食べると玉ねぎの食感も楽しめる。それがお店とは違った『家庭の味』として美味しかったというのです。

新婚だった私は悩みました。夫のために私は玉ねぎがゴロゴロしているハンバーグを作るべきなのだろうか？　だけど、それでは私がハンバーグを嫌いになってしまう。でも、夫が美味しいと思うハンバーグは作ってあげたい。

悩んだ末に出した折衷案は、レンコン。

刻んだレンコンをハンバーグに入れるのです。

レンコンのシャキシャキ感は、生の玉ねぎに似ているのですが、私にとっては似て非なるもの。レンコン入りハンバーグを出すと、夫はそれには満足したようで、嬉《うれ》しそうに食べてくれるようになりました。

今では子どもたちも、「お店のハンバーグも美味しいけれど、お母さんの作るレンコン入りのハンバーグが食べたくなる」と言ってくれます。

ああ、こうしてそれぞれの家庭の味、思い出のごはんは作られていくのだな、と私はレンコンのシャキシャキした食感を楽しみながら、わが家のハンバーグを食するのでした。

もちづきまい●北海道出身、京都府在住。2013年、エブリスタ主催の電子書籍大賞を受賞し、作家デビュー。2016年、『京都寺町三条のホームズ』（双葉社）が第4回京都本大賞を受賞。

好き嫌いがあっても……

佐光紀子（家事研究家）

私が通っていた幼稚園の手前に、鶏肉の専門店がありました。毎朝、鶏を処理する音を耳にしながら店の前を通って登園し、帰りにそこで肉を買う。そんな毎日でした。生きていたものが食品となって食卓に並ぶ。それを当時の私がどこまで理解していたかは、私にもよくわかりません。でも、通い始めてしばらくすると、私はパッタリ鶏肉を食べなくなったそうなのです。

「その日にさばいた新鮮なお肉の方が体にいいと思っていたのよ」と母。とはいえ、肉をかたくなに拒む三歳児を前に、この子が肉を食べられないのは自分のせいだと思ったのでしょう。それ以降「残さず食べなさい」「好き嫌いはいけない」と母は一度も言いませんでした。

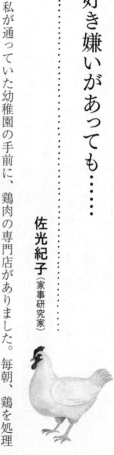

我が家の食卓には、クリスマスのローストチキンも、白いスーツのおじさんがアメリカから運んできたチキンが出たこともありません。唯一の例外は小松菜と鶏肉のお雑煮でした。でも、私だけ鶏肉は特別免除。父はそんな私にあれこれ思うところもあったようですが、母が守ってくれました。

とはいえ、結婚して子どもが生まれると、「離乳食に鶏肉を食べさせて」と母が言い出しました。「私に鶏肉の調理なんて無理よ。触れないもの」と言うと、セロファンに包まれた冷凍の挽肉《ひきにく》が送られてきました。母の努力と保育園のお陰で子ども達はなんの抵抗もなく鶏肉をいただきます。が、「ママが鶏肉を食べられない」のは我が家では周知の事実でした。

外食で茶碗蒸《ちゃわんむ》しや炊き込みご飯に入っていると、私が子ども達のお皿に移すので、「本当は好き嫌いをするのは子どもの方で、ママは『好き嫌いはだめよ。何でも食べなさい』って言わないとだめなんだよ」とたしなめられること数知れず。「残さないで」と言って「じゃあ、ママも鶏肉食べて」と夫が買ってきた焼き鳥を手にした子どもに追いかけ回されたこともありました。

ダメ母を反面教師に育ったせいか、好き嫌いはないのが理想だけれど、ちょっとくらいあっても人間そこそこ健康に生きていけると、子ども達は比較的早く気がついたようです。また、鬼のように怖い母親にさえ克服できないものがあることは、「苦手なものの一つ二つあってもしょうがない」と自分に言い聞かせる逃げ場にもなっていたようにも見えます。

アラ還になっても相変わらず鶏肉がダメなのは、もはや私の個性。さすがに母も何も言いません。この歳《とし》になって、母があのとき私を責めず、気持ちを受け止めてくれたことを、ありがたかったと思うようになりました。苦手があっても、好き嫌いをしても、あなたはあなた。それが食を通して母が伝えてくれたメッセージだったと思います。

さこうのりこ●翻訳者、家事研究家。本の翻訳をきっかけに、重曹や酢などの自然素材を使った家事に目覚める。2016年、上智大学大学院グローバル・スタディーズ研究科博士前期課程修了。『なぜ妻は「手伝う」と怒るのか』（平凡社新書）など著書多数。

最高のスパイスと至高の魚料理

斎藤千輪（作家）

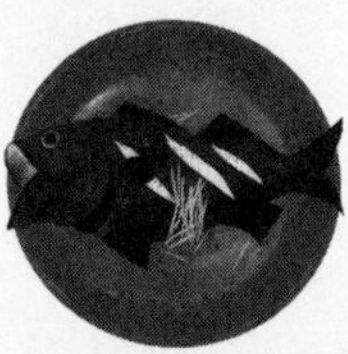

小説の取材も兼ねて、外食をする機会が多い。小さな居酒屋から豪華なグラン・メゾンまで、あらゆるジャンルの料理店を食べ歩いたと言っても過言ではない。

そんな中で真っ先に浮かぶ料理といえば、宮古島で食べた大きな「ミーバイのマース煮」だ。

ミーバイとは、沖縄の方言でハタ類の呼び名。クエやアラと同じく、適度な脂と上品な甘みが美味な白身魚だ。そして、マースは塩を意味する。沖縄の天然塩と風味豊かな泡盛を入れた水で、丸ごと柔らかく煮るミーバイ。シンプルだからこそ素材の魅力が最大限に引き出される料理である。

それを食べたのは、旅行先の宮古島をレンタカーで移動している最中だった。そのとき私と友人は、とある食堂を目指していた。そこは、美味《おい》しいソーキソバが食べられると評判の店。早くソバにありつきたかった。カーナビ情報では、五分も走れば着くはずだった。

ところが、どれだけ走ってもたどり着かない。気づけば、見知らぬ海岸線を当てもなくさまよっていた。我々はカーナビの操作をミスしていたのだ。

晴れた日の宮古島。真っ青な空とエメラルドグリーンに輝く海。その美観を目一杯堪能したが、見ていても腹は膨れない。一刻も早く何かを食べたかった。

しかし悲しいかな、宮古島の魅力は手つかずの自然。小さな繁華街やリゾート地を除けば、原生林や海がとことん広がる島なのである。民家はあっても飲食店が見当たらないのだ。

空腹すぎてイラつき始めた頃、ようやく一軒の定食屋を発見した。海沿いにひっそりと佇《たたず》む、地元民しか行かない店だ。簡素な店内でメニューを開いたとき、パッと目についたのが「ミーバイのマース煮定食」だった。

実は、それほど期待していなかったのだが、とんでもない逸品だった。尾頭つきの真っ赤なミーバイ。ほのかに生姜《しょうが》の香る、とろけるような皮とふっくらとした白身。骨の間にもみっちり身が詰まっている。食べても食べても身が出てくる。噛《か》めば噛むほど、魚本来の旨《うま》みが溢《あふ》れてくる。まろやかな塩味はホカホカのご飯との相性も素晴らしい。これぞマリアージュ！

空っぽの胃に染み渡る、新鮮な海の恵み。残った乳白色の煮汁にご飯を入れてかっ込んだ際の、得も言われぬ幸福感。

「最高のスパイスは空腹」という部分も確かにあっただろう。だが、宮古島の美しい海を眺めながら、地元の人々に交じって食べたミーバイのマース煮ほど美味しい魚料理には、いまだに巡り合っていない。

さいとうちわ●東京都町田市出身。映像制作会社を経て、現在、放送作家・ライター。2016年に『窓がない部屋のミス・マーシュ』で第2回角川文庫キャラクター小説大賞・優秀賞を受賞してデビュー。『グルメ警部の美食捜査』（PHP文芸文庫）など著書多数。

京街中華バイト学生考

竹内久美子（動物行動学研究家）

私が京都大学に入学したとき（１９７５）に、既にその店は存在した。今出川通《いまでがわどおり》と白川通《しらかわどおり》の交差点、通称「銀閣寺の交差点」から北へ百メートルくらい、白川通に面した小さな店。看板には「中国家庭料理」とある。油を多く使う中華料理は胃腸の弱い私には向いていないが、この店の「五目そば」と「中華丼」は大丈夫で、大のお気に入りだった。この二種以外に食べた記憶がない。いつも散々迷ってこのどちらかに決めるのだ（確率として五目そば四、中華丼一くらい）。

ご主人と奥さんの人柄の良さもこの店の魅力で、地元民にとても愛されていた。消費税が上がった際にも値段を変えず、感謝というよりは経営大丈夫？　と心配したほどだ。

この店の不思議はバイトの学生だ。どう見ても京大の理系学部の学生としか思えない、ひょろりとしてメガネをかけた男性だ。

私は何年も通ったが、この傾向から外れるバイトの学生を見たことがない。想像を膨らませるなら、京大理系学部のある研究室の男子学生に代々伝わる、とても心地よいバイト先なのではないかと思う。

その最大の証拠としてバイトの学生は、最も忙しい時間帯であるはずの午後七時になると、ご主人がつくったA定食かB定食を食べてもよいのである。

こんな天国みたいなバイト先だからこそ、長年どこかの研究室が他へは渡さないのだろう（あくまで想像である）。

天国みたいなバイト先を他に譲らない。実は我が京大理学部の動物学教室には、長年引き継がれている、もっとすごいバイトがある。

京都競馬場で馬が薬物を打たれないかを監視するというものである。競馬場は朝が早いことが難点だが、仕事は時々馬の後ろをついて歩くだけ。それ以外は何をしていてもＯＫなのだ。

一日のバイト料は破格であり、確か当時二万円だったと聞いている。

先の中華のお店だが、数年前に閉店した。その少し前に一時期、数カ月のお休みの期間があったので、ご主人の健康問題と思われる。一家は店舗の二階に住んでおられたが、どこかに引っ越された。

建物は隣の花屋さんが、買い取ったようだ。自身の店舗と中華料理店の壁をぶち抜き、トンネル状にして花屋を拡張。二階は当時大流行《おおはや》りだった民泊に改造したからである。

現在、近所にはどうしても行きたくなるような料理店がない。あの五目そばを味わえるのは、もはや夢の中だけなのである。

たけうちくみこ●1956年、愛知県生まれ。京都大学理学部を卒業し、同大学院で日高敏隆教授に動物行動学を学ぶ。博士課程を経て著述業に。『そんなバカな!』（文藝春秋）で第8回講談社出版文化賞科学出版賞受賞。『世の中、ウソばっかり!』（PHP文庫）ほか著書多数。

冷っ汁、その光と影

櫻井とりお（小説家）

思い出ごはんと聞かれ、一番に思いつくのは、実家の「冷っ汁《ひやしる》」だ。味噌《みそ》とすり胡麻《ごま》を冷たい出汁《だし》で溶き、胡瓜《きゅうり》を加え飯に盛り、薬味を載せていただく夏の家庭料理、冷《ひ》や汁《じる》のことだ。熊本生まれの父方の祖母が母に伝えたもので、母は京都の人なので、料理名が「ひやじる」から「ひやっしる」へ変遷したと思われる。

冷っ汁は、両親がそろってゆっくりできる日曜や祝日の朝だけの大ご馳走《ちそう》だった。準備は前日の夜に、父が日曜大工に使う鉋《かんな》を使って、鰹節《かつおぶし》をかくことから始まる。かいた鰹節を鍋で煮て出汁にして、翌朝に備え冷やしておく。朝になると、父が胡麻を煎り、味噌をフライパンで焦げ目がつくほどあぶり、私と妹がす

り鉢で胡麻をあたり、母が具の胡瓜を薄い小口切り、薬味の薄焼き卵、紫蘇《しそ》や茗荷《みょうが》を千切りにした。

出来上がった冷っ汁は、鰹節がそのまま入っていて、味噌も胡麻も濃かった。熱々の白飯にどろりとかけて、その上に茶碗《ちゃわん》からあふれるぐらいの錦糸卵、茗荷と紫蘇をどっさり載せてざくざくかきこむ。中高生のときなら、息もつかずに六杯はたいらげた。今でも夏に実家に帰ると、両親は張り切って冷っ汁を用意してくれるのだが、「なんや、あんた三杯しか食べへんの」と母は大いに不満そうだ。実家あるあるではあるが、三杯でも十分食べ過ぎだ。

団地の狭い台所で、家族四人が総出で働き、にぎやかに食べる夏の朝の情景は、郷愁に美化され少々まぶしい。

さて、光あるところには影がある。冷っ汁をめぐっては、悲しくつらい、幼き日の思い出がひとつある。

ある日、私が保育園から帰ってくると、家の中の空気が何やらふわふわしている。事実はやがて知れた。なんと祖母と母と、乳児の妹が、渋谷のテレビ局へ行って、朝の情報番組に出演したのだ。『受け継がれる我が家の味』的なコーナーで、冷っ汁を紹介した。その上、母の腕の中の妹が、司会の男性アナウンサーの残り少ない頭髪をつかもうとして、大爆笑をとったという。

私は怒りで爆発した。なぜ妹が出られてこの私が出られないのか、なぜ何も知らされず保育園に行かされたのか。理不尽だ理不尽だ、ひどいひどい、だまし討ちだ、世の中の全てが敵だ、私だったら妹以上のウケをとったに違いないのに、悔しい悔しい、と数日泣き叫び暴れた。こんな子をテレビ局に連れて行かなかったのは、さすが我が母、慧眼《けいがん》である。

最近、ひとりの昼食に、手抜きの冷っ汁を作る。出汁入り味噌にパックの鰹節とすり胡麻をぶちこみ、水道水で溶いたものを白飯にかける。かきこむと、当時の思いが蘇《よみがえ》る。あーあ、テレビ出たかったなー。

さくらいとりお●京都市生まれ。放送大学教養学部卒業。都内区役所在職中、およそ10年間公立図書館で勤務し、現在は執筆活動に専念。2018年第1回氷室冴子青春文学賞大賞を受賞。著書に『虹いろ図書館のへびおとこ』(河出書房新社)、『図書室の奥は秘密の相談室』(PHP研究所)などがある。

贅沢な貧乏旅行

青山美智子（小説家）

オーストラリアで暮らしていたのは、二十代前半の頃だ。ワーキングホリデーのビザで渡ったブリスベンで私は二カ月だけ英語学校に通い、美和ちゃんという友人ができた。私たちはすごく気が合って、英語学校を修了するとケアンズのオパール屋で数カ月働き、そのあとふたりでバックパックを背負って旅に出かけた。

グレートバリアリーフ、エアーズロック、アデレード、メルボルン。ホステルやバックパッカーズに数日滞在しては、次の街へ。インターネットのない時代である。私たちは運と勘だけで「安全で格安な宿泊施設」を探し、気ままな旅を楽しんだ。

夕食はほとんど自炊していた。どの宿にも備わっている共同キッチンで、ふたりで何かしらがちゃがちゃと作った。私たちの心強い味方は、日本から持ってきた乾燥わかめと、玉ねぎだった。玉ねぎはかさばらないし保存もきくし、わりとどこでも手に入る。たいていの料理に使える万能野菜なので、バックパックの中にひとつふたつ、いつも放り込んであった。

買い物に行けなかったり手のこんだものを作るのが面倒なとき、よく登場したのが袋ラーメンである。日本円にして三十円もしなかったと思う。スライスした玉ねぎと戻したわかめだけを具材にして食べた。

今だったら「せっかくの旅行なのに外食しないなんて」と思うところだが、あの貧乏旅行は私にとって一生の財産である。時間をかけて街並みを散策したり、名もわからない植物に魅入ったり、埃臭《ほこりくさ》いベッドで美和ちゃんと夜通し語り合ったり、お湯の出ないシャワーに笑ったり、あの頃と同じ気持ちであんなに贅沢《ぜいたく》な時間を過ごすことはなかなかできないいんじゃないかと思う。

ふたり旅を終えたあと、私たちはシドニーに腰を落ち着け、それぞれにアパートメントを借りた。私は新聞記者として職を得、美和ちゃんは外国人の恋人ができて彼の母国へと嫁いでいった。

オーストラリアで食べた美味《おい》しいものはたくさんある。レモンをたっぷり絞った新鮮なオイスター、びっくりするぐらい巨大なオージービーフ、ワゴンで運ばれてくる中華街の飲茶《ヤムチャ》。どの記憶も私を幸せにしてくれるし、いつかまたなつかしく再会できたらいいなと思う。

だけど、美和ちゃんと狭いキッチンで並んで作った「玉ねぎとわかめのラーメン」は、きっとあのときだけのものだ。

帰国してからも何度か再現してみたけれど、やっぱり似て非なるものであの味には決してたどりつけなかった。そのことが、私は嬉《うれ》しい。あのラーメンはまぼろしのまま、ふたりの思い出の中だけできらめいていてほしいと思うからだ。

あおやまみちこ●1970年生まれ。大学卒業後、シドニーの日系新聞社に2年間勤務し、帰国。出版社の雑誌編集者を経て執筆活動に入る。『お探し物は図書室まで』が2021年本屋大賞2位に、『赤と青とエスキース』が2022年本屋大賞2位に選ばれる。

「まだまだやれるで！」おばあのカレー

大迫知信（ライター）

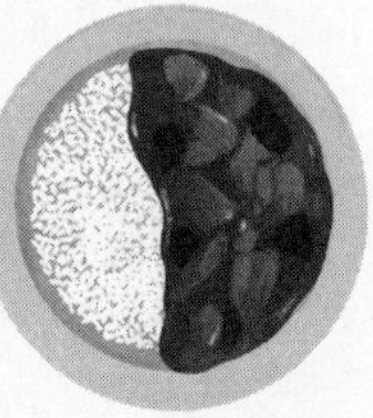

「カレーに牛すじ入れてくれや」と僕の祖母、おばあに言うと、翌日の晩には早速、牛すじカレーが食卓に並んだ。まさか本当に作ってくれるなんて！

驚きながらひと口食べると、味も想像をこえていた。かなり煮込んであるのに煮崩れずほどよい弾力があり、ダシが出てうま味も格段に増している。

〈牛すじは煮込み料理に最適〉だと偶然テレビで見た僕が、思いついて言っただけなのに……。それに牛すじは何度もゆでる下処理が必要で、かかる手間と値段はいつもの特売の牛肉どころではない。孫の勝手な要望におばあは本気で応えてくれたのだ。

昭和9年生まれのおばあは、愛媛の山奥で生まれ育ち、子どものころから家族のためにかまどで煮炊きをした。祖父と大阪に移り住み工務店を開くと、住み込みの若い衆にも手料理を食べさせた。

半世紀をゆうにこえて培ってきた調理の技術と経験を、今は僕のために惜しみなく発揮してくれている。そんなことに思い至り、牛すじカレーは僕の大好物になった。

それから十数年、おばあはカレーといえば必ず牛すじカレーを作ってくれた。毎回ひと口食べるたび、はじめて口にしたときと変わらない感動が湧き上がってきた。

ところが、近ごろ牛すじカレーを食べていない。どういうわけか具材の肉が、牛の赤身か鶏肉に変わってしまった。それも充分おいしい。だけどなぜ牛すじを使わなくなったのか。直接聞いてみても「出されたものは黙って食べや」と、頑固な職人だったおじいみたいなことを言う。

その後、理由が判明した。いつものように晩ごはんを食べに行くと、おばあが「カレーを入れてこい」と言う。それはおかしい。カレーなら玄関にまで充満しているはずの香りが全くしないのはなぜなのか。

台所に行くと、鍋にはたしかにカレーがある。だけどそれは銀色のパウチの中で湯せんされていた。これ、レトルトやんか、おばあ！　と僕は心の中で叫んだ。そして理解した。おばあは以前のように調理に手間をかけることが難しくなっていたのだ。

僕は学生時代から近くに住み、長年料理を作ってもらっている。当たり前のように思っていたその関係が逆転するときが、すでに来ているのかもしれない。そんな不安がよぎったとき、鍋の横にあるフライパンに気がついた。中には細かく切った鶏肉がたっぷり炒《いた》めてある。これはカレーに追加する具だとすぐに悟った。

前と同じようにはいかんけど、まだまだやれるで！　とおばあの声が聞こえた気がした。この日のカレーは、あのときのように想像以上の味だった。そして今もまだ、おばあのカレーは思い出になっていない。

おおさこともの ぶ●大学時代から食べ続けている、実の祖母〝おばあ〟が作るユニークなおにぎりやおかず「おばあめし」を紹介するブログ、インスタグラムが話題になり『おばあめし』（清流出版）が刊行された。2018年4月より京都芸術大学非常勤講師も務める。

大きな丸いおにぎり

山崎ナオコーラ（作家）

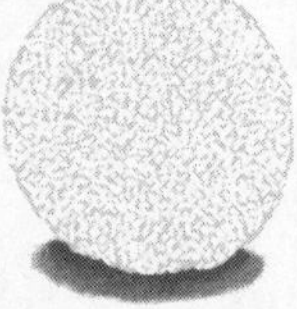

私がこの世で一番たくさん食べたおにぎりは、小さな三角のおにぎりだ。母がよく作ってくれた。小さな母の手で、柔らかく握られたものだ。ツナやふりかけなどの味が薄くつけてあり、食べる直前にパリパリの海苔《のり》を巻いて食べた。

けれども、「おにぎり」という言葉から私が一番に思い出すのは大きな丸いおにぎりだ。母には申し訳ないが、やはり、レアな食べ物の方が、子どもの記憶に残る。

年に一度か二度、母が何かの用事で出かける夜があった。そんな夜、父は大皿に山盛りのおにぎりを作った。父の大きな手で固く握られた塩むすびは、母の作るおにぎりとはまったく違う味だった。「塩分少なめの方が健康にいい」なんていう概念が吹っ飛ぶ濃い味で、ボールのようにぎゅっと押された米は潰れていた。海苔は用意されていなかったので、そのまま齧《かじ》った。おかずもない。炭水化物と塩のみという、栄養学的にはかなり悪い夕食だった。

「三角にはできないよ」とよく言っていた。三角おにぎりを握るのは簡単なことなのに、覚える気はなかったのに違いない。

それは妙においしかった。私も妹も、大皿の上に山のように積まれた丸いおにぎりをあっという間に食べ終わった。

あの魔力はなんだったのだろう。希少なものだというドキドキ感、塩味が濃いという背徳感、三角は難しいので丸いので我慢しなければならないという敗北感、そういったマイナス方向の力に魅力を感じていたように思う。

今でも、ときどき食べたくなる。父はもう死んでしまったので、もう食べられないという、その感傷もあって、余計に食べたい欲が高まる。

母はまだ生きている。母のおにぎりなら頼めば作ってもらえそうなのに、もう随分と食べていない。

今、私自身、子どもたちにおにぎりをよく作るようになった。小さな柔らかい三角おにぎりだ。私の夫は、やはり「三角おにぎりは作れない」と言ってほとんど作らず、たまに作るときはボールのようなおにぎりにしている。

二歳と五歳の子どもたちは、私の作る三角おにぎりを喜んで食べているが、大きくなったらこの味を忘れてしまうだろう。小学生になったら、夫が作る下手なおにぎりの方をおいしく感じるようになるかもしれない。大人になったら、夫が作ったおにぎりだけを記憶に残したりして……。

きっと子どもは褒めてくれないから、記憶に残らないおにぎりを作っている自分のことは、自分で褒めよう。私は自分の分も握り、一番うまく握れたものを自分で食べる。

やまざきナオコーラ●1978年、福岡県生まれ。國學院大學文学部日本文学科卒業。2004年、会社員をしながら書いた『人のセックスを笑うな』で第41回文藝賞を受賞し、作家活動を開始。著書に『むしろ、考える家事』(KADOKAWA)などがある。

無敵な炊き込みご飯

大崎 梢（作家）

結婚したばかりの若かりし頃、夫の仕事の都合で神奈川から北海道に移り住んだ。

入居したのは札幌市内にある社宅で、目の前に独身寮が併設され、夫はそこにいたとき、福井県出身で四つ年下のSさんと仲が良かった。結婚後も「飯を食いに来いよ」と声をかけ、気のいい彼は私の作った手料理をなんでもよく食べてくれた。知り合いの乏しかった札幌で、会話の弾む食卓はいつも楽しく賑《にぎ》やかだった。

あるとき、出先から一緒に帰るので、Sさんを夕飯に誘いたいと夫から連絡があった。その日はかなりの手抜きメニューで、炊き込みご飯とおでん。夫はぜんぜんかまわないと言い、三十分ほどでふたりはやってきた。

Sさんは恐縮しながらも玄関先で「いい匂いですね」と相好を崩し、即席で作ったカブの浅漬けと共に、元気よくおでんを頬張った。ジャガイモも大根もこんにゃくも味が染みていたので私は内心、「よしっ」と拳《こぶし》を握りしめたが、とりわけ彼が絶賛したのは炊き込みご飯だった。

おかわりしたときには箸を止め、「郷里のお袋を思い出します」とまで言う。私はあわてて「とんでもない」と首を横に振った。お母さんの方がずっとはるかに美味《おい》しかったはず。

謙遜でも何でもない。私のそれは市販の「素《もと》」をお米にのせて炊いただけだ。味付けもしてないし、具材も刻んでいない。けれど彼が喜んでくれるので、とてもインスタントとは言えず、むしろバレやしないかと、台所にある空き箱にひやひやした。

その数カ月後、法事のために帰省していた彼は、お土産を手に訪れてくれた。小鯛《こだい》の笹《ささ》漬《づ》けをありがたくいただく。お母さんからの伝言も預かっていた。「息子に楽しい食事をありがとうございます」「深く感謝しております」とのこと。炊き込みご飯の話もしたと言う。

私はそのとき初めて、もしかしたらと思った。お母さんもあれを使っていたのではないか。だから同じ味だったのではないか。どこのスーパーにでもおいてあるポピュラーな品だ。彼はきょうだいが多く、祖父母とも同居していたらしい。お母さんは忙しかっただろう。お手軽な市販の「素」は強い味方になったのではないか。

ほんとうのところはわからない。どちらでもかまわない。大らかさと繊細さを兼ね備えた彼は、これまで心和む食卓を数多く囲んできたのだろう。お母さんのよそってくれたご飯への感謝も忘れていない。大切なのはそれだから。

数年後に結婚した彼は、料理に腕をふるう側にもまわったらしい。

おおさきこずえ●東京都生まれ。神奈川県在住。元書店員。書店で起こる小さな謎を描いた『配達あかずきん』で、2006年にデビュー。以後、ミステリーや青春小説など幅広いジャンルの作品を執筆している。近著に『めぐりんと私。』（東京創元社）、『バスクル新宿』（講談社）などがある。

世界に一つの家庭料理

古内一絵（作家）

料理が出てくる小説を書くことが多いせいか、時折インタビューで「料理はお好きですか」と聞かれることがある。答えは「否」。食べることは掛け値なく大好きだが、作るのはどちらかというと苦手。必要最低限のことしかやらない。パートナーは私の料理を「旅館の朝食」だと言う。ご飯にお味噌《みそ》汁に焼き魚に納豆……。確かに「旅館の朝食」かもしれないが、なにがいけない。ただ、パートナーは「あなたはあなたが食べたいものを作ればいい」と、自分はコンビニでフライドチキンを買ってくるような人なので、別段軋轢《あつれき》はない。

この世にただ一人だけ、私の料理を大絶賛してくれる人がいる。それは、私の母だ。母は多少偏食気味で、高級レストランに連れていっても完食できないことが多いのだが、私の作る料理に関しては、手放しで大喜びする。それは、決して私の料理が高級レストランの料理より美味《おい》しいなどということではなく、母が、誰かに作ってもらう手料理に飢えているせいだと思う。

母の家庭は少し複雑で、母方の祖母は、母の幼少期に出奔している。以来、二度と家族の前に姿を現すことがなく、祖母については、未《いま》だに一枚の白黒写真しか残っていない。後に祖父は再婚したが、継母と母の関係は、残念ながら円満とはいかなかったようだ。故に、母は所謂《いわゆる》「お母さんの味」というものを知らない。

〝生《な》さぬ仲〟に揉《も》まれながら多感な青春時代を送った母は、しかし、私と弟にとっては、まぎれもなく〝お母さん〟だった。このことに関し、私は一度、母からきちんと話を聞いてみたいと思っている。まともに食べさせてもらえず、一番安い竹輪をかじりながら飢えをしのいでいたという母が、どうして家族のために、何十年と温かい家庭料理を作り続けてこられたのか。どうして私と弟を、こんなに愛してくれるのか。自分が得られなかったものを惜しみなく与え続けられる母が、私は不思議だ。

さて、母が喜ぶ私の料理だが、基本的に単純なものが多い。旬の野菜や茸《きのこ》の炊き込みご飯、鶏ハム、蓮根《れんこん》のソテー、水餃子《すいぎょうざ》……。結局、母が喜んで食べている私の料理の味つけや調理は、母自身が作り続けてくれた「お母さんの味」を踏襲しているわけだが、それが母にとっての「家庭の味」になっているなら、そんなに嬉《うれ》しいことはない。家族が家族を思って作る手料理は、この世にたった一つしかないのだから。

締め切りが立て込むと、母がたまに手料理の差し入れを仕事部屋に持ってきてくれることがある。「あなたはきんぴらが好きだから」と母は言うが、それは違う。私が好きなのは「きんぴら」ではなく、世界に一つの「お母さんのきんぴら」なのだ。

ふるうちかずえ●東京都生まれ。映画会社勤務を経て、中国語翻訳者に。第5回ポプラ社小説大賞特別賞を受賞し、2011年にデビュー。著作に、ドラァグクイーンのシャールさんが営むお店を舞台にした「マカン・マラン」シリーズ（中央公論新社）などがある。

はじめてのキャッチ&イート

森越ハム（イラストレーター）

魚を釣って食べるのが好きで、ときどきオットと海辺に出かけています。人生初のキャッチ&イート（釣った魚を食べること）は、ブルーギルでした。うちの実家は〝琵琶湖県〟にあるんです。

兄とわたしが子どもだった頃のある日、家族で湖の護岸エリアに行き、魚釣りをして遊んでいました。

水中はまる見えなのに、釣り糸を垂らすとブルーギルが入れ食い状態。鈎《はり》に掛かる姿を見ながら釣るのがおもしろく、夢中になってバカスカ釣り上げました。

ブルーギルは特定外来種に指定されていることでおなじみの、ひらべったい淡水魚です。手のひら程度のサイズ感、南米の茶色い川に生息してそうな見た目、アニメの中途半端な悪役キャラっぽい名前。おいしそうな要素はいっこもありません。

なのに、なぜか母はブルーギルを持ち帰り、煮付けをこしらえたのです。

味の記憶は正直あまりなく、とにかく骨だらけでめちゃくちゃ食べづらかった……という印象だけ残っています。メールで確認してみたところ、兄も同意見でした。

それから約30年後。オットが突然、魚釣りをはじめました。

周囲に経験者がいなかったため、インターネットで糸の結び方から勉強し、トライ&エラーをくり返したオット（ｗｉｔｈ巻き込まれたわたし……）。

半年ほど経《た》って、ようやくソウダガツオという青魚を2匹ゲットすることができました☆――が、この時点ではまだ「青物は釣り上げたらすぐに血抜き処理が必要」という魚釣り界の常識を知りません。

オットは血が回りきったソウダの1匹を半分にカットして、塩焼きにしました。すると家中に運動部の部室のような異臭が充満。これ、食べて大丈夫？

できれば拒否したかったけど、長い間ひとりで奮闘してたオットを見ちゃってたから……。涙目でなんとか完食。

これにて海釣り初釣果の初ソウダ、おしまい☆——かと思いきや、翌日、残りのもう1匹を煮るオット。部室臭アゲイン。

ちょ、なんで？　なにしてんの？　無理無理無理無理、生姜《しょうが》ごときであの臭いがごまかせるわけ、うおっぷ。くっさぁ〜〜〜!!

記憶はここで途切れています。

ちなみに適切に処理をしたソウダガツオはたいそう美味とされ、釣り人に大人気です（ブルーギルも「正しく食べればうまい」と主張してる人がいるっちゃーいる）。

現在は森越家もキャッチ&イートのスキルが上がり、まずい魚を食べることがなくなってしまいました。

無理して食べておいてよかった。一生モノの、ゆかいな味の記憶です。

もりこしはむ●美術大学卒業後、出版系制作会社に入社。編集ディレクター、DTPデザイナー、アートディレクターを経て、2001年にフリーランスのイラストレーターに転身。著書に『おかずがなければ魚を釣ればいいじゃない』(イースト・プレス)など。

祖母のコロッケ

三浦しをん（作家）

十代後半の冬、三重県の山奥に住む父方の祖父母の家へ一人で遊びにいった。といっても、その冬は特に雪が積もって出歩くのも困難だったし、もともと付近は山ばかりで観光名所もないので、数泊するあいだ、私はもっぱらコタツにあたってミカンを食べながら祖父母とおしゃべりしていた。なにをしゃべったかは忘れてしまったが、古い農家のつくりで、土間にあった台所の様子や、茶の間の板戸が黒光りしていたことはよく覚えている。夕方になると、祖父が薪《まき》で手早く五右衛門風呂《ごえもんぶろ》を沸かしてくれる（とっくに平成になっていたが、まだ五右衛門風呂だった）。

板に乗って湯船に浸《つ》かるのは至難の業だったが、なんとか入浴を終えて茶の間に行くと、夕飯の準備ができていた。上げ膳据え膳の祖父母の歓待ぶりに感謝するも、私の目は座卓に釘付《くぎづ》けになった。大皿に二十個ぐらい、コロッケが山積みになっていたのだ。しかも祖母が台所から、さらにもうひとつ、揚げたてのコロッケが二十個ぐらい山積みになった大皿を運んできた。

到底、三人で食べる分量ではない。絵本『11ぴきのねことあほうどり』でしか見たことなかった、「大量すぎるコロッケ」という情景が現実のものに……。

白米至上主義の祖父母がご飯も勧めてくるので、食べ盛りだった私も、さすがにジャガイモのコロッケを三個食べるのが限界だった。祖父母は一個ずつ食べ、「魚の煮付けのほうがええな」と言っていた。残ったコロッケはラップにくるみ、冷蔵庫や冷凍庫に収めた。

翌日の朝も昼も私はコロッケをおかずにご飯を食べ、夜もコロッケを食べようとしたのだが、「すき焼きの準備があるで」と祖母に悲しそうに言われたので、すき焼きとコロッケとご飯を食べた。数日の滞在のあいだにめきめき太った。それでもコロッケは残ったので、自宅に持ち帰って食べた。

あとで母に聞いたところ、祖母は私の好物がコロッケだと知って、電話で作りかたを問いあわせてきたのだそうだ。魚の煮付けを好み、揚げ物といえばせいぜい山菜の天ぷらという食生活の祖父母なので、祖母はもちろん、コロッケを作ったことがなかった。にもかかわらず、私を喜ばせようと、未知の食べ物の作成に挑戦してくれたのである。大量すぎるコロッケの謎も解けた。はじめてだったから、ジャガイモをいくつ使えばいいのか加減がわからず、調整が利かなかったのだろう。

また祖父が沸かした五右衛門風呂に入り、祖母が作ったおいしいコロッケを食べたいなと思う。二度とかなうことはないが、祖父母との楽しい思い出の数々は、いまも私を支え、見守ってくれている。

みうらしをん●2000年『格闘する者に○』（草思社）でデビュー。06年『まほろ駅前多田便利軒』（文藝春秋）で直木賞、12年『舟を編む』（光文社）で本屋大賞、15年『あの家に暮らす四人の女』（中央公論新社）で織田作之助賞、19年『ののはな通信』（KADOKAWA）で島清恋愛文学賞、河合隼雄物語賞を受賞。

うどんの記憶と、感情

町田そのこ（作家）

福岡県といえばとんこつラーメンを想像されがちだが、実はうどん愛の強い土地である。県民は誰もが『推しのうどん店』を持っているのではないだろうか。福岡県生まれ福岡県育ち、いまなお福岡県在住のわたしの推しは、北九州市に本社を置く『資《すけ》さんうどん』である。追記すれば『資さんうどん』の『肉ごぼ天うどん』が最推しである。スティック状のごぼう天は汁《つゆ》にじゅっと浸《つ》かった部分と、揚げたてさくさくの部分があり、その塩梅《あんばい》がほどよい。甘辛く味付けされた牛肉はしみじみ美味《おい》しいし、『資』とピンク色の文字が入った蒲鉾《かまぼこ》と青々としたネギは、丼を華やかに彩っている。出汁《だし》は澄んでおり、香りが高い。最近は〆切明けに食べに行くようにしているのだが、最高のご褒美である。

さて、うどんとの思い出は数知れない。

若い頃から飲酒を欠かさない父の〆の一杯は昔からうどんで、家族で外食するのもうどん店が多かった。わたしの生まれて初めてのアルバイト先は、もちろんというべきかうどん店だった。

福岡のうどんは、柔らかさのなかに一本芯が通っているような麺なのだが、わたしのバイト先は『讃岐《さぬき》うどん』を謳《うた》っていた。これぞ北九州、というような柔らかなうどんが好きだった父や祖父は、わたしのバイトが決まると「行かんぞ」などと言ったものだったが、いざ働き始めるとよく食べに来てくれた。他人のふりをしながらもそっと手を振りガッツポーズをしてみせる家族に、バイト先になかなかなじめなかったわたしは、恥ずかしくなったり泣きそうになったりと忙しかったのを覚えている。

猫舌な上せっかちだった祖父は、いつもうどんの汁にお冷やの水を足していた。「味が変わってしまおうもん」と言うと「うまいもんはどうやってもうまい」と言ってきかなかった。こんなせっかちなひと、そうそういないだろうとそのときは思っていたのだが、これが意外と見かける。せっかちって想像よりも多いな。県民性なのかしら？　と感心すると同時に、いまは亡き祖父の姿が重なって嬉《うれ》しくなる。

子どもを持つと、離乳食代わりにうどんを作った。子どもたちは食が細く偏食気味だったのだが、うどんだけはわりあい積極的に食べてくれた。それでも、ふわふわの卵を入れてみたりキャラクターの蒲鉾を載せてみたり、試行錯誤したものだ。そんな彼らはいまでは自分で作るようになり、「お母さんもいる？」と声をかけてくれるようになった。それは、優しくて美味しい味わいだ。

うどん、という料理だけで様々な記憶や感情が溢《あふ》れる。これからもきっと様々な記憶とともに食していくのだろうと思う。

まちだそのこ●1980年生まれ。2016年「カメルーンの青い魚」で第15回「女による女のためのR-18文学賞」大賞を受賞。17年、同作を含む短編集『夜空に泳ぐチョコレートグラミー』でデビュー。『52ヘルツのクジラたち』で2021年本屋大賞を受賞。

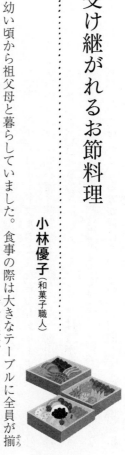

受け継がれるお節料理

小林優子（和菓子職人）

幼い頃から祖父母と暮らしていました。食事の際は大きなテーブルに全員が揃《そろ》い、食卓に出てくるのは〝かぼちゃの炊いたん〟や〝茄子《なす》と鰊《にしん》の煮浸し〟など、煮炊きものの料理が中心でした。子供の頃はそれが当たり前だと思っていたので、揚げ物が出てくると「今日はご馳走《ちそう》だ！」なんて言って喜んでいました。

　私は家族の中で一番年下で、誰よりも食いしん坊でした。みんなが食べ終わっても最後まで椅子に座り、大皿に残る最後のひとくちを狙っていたのです。でも父がいつもきれいにさらえてしまうので、中々私の口には入りませんでした。

　それでも年に一度だけ、好きなものを好きなように食べられる日がありました。それがお正月のお節料理です。我が家のお重は三段になっていて、棒鱈《ぼうだら》、たたき牛蒡《ごぼう》、煮しめなどがぎっしりと詰められています。なかでも私が大好きだったのは〝鱈の子の煮しめ〟で、甘辛く炊いてあって、まさに私好みの味つけでした。口いっぱいに頬張ると、煮詰まっていたたまごが少しずつほどけてゆっくりと喉を通っていきます。最後の飲み込む瞬間までも美味《おい》しく感じてしまう……（今思えば、全く子供らしくないチョイスです）。もちろん他のお節料理も大好きで、味の変化を求めて栗《くり》きんとんや、なます、黒豆、煮しめなど順に食べていきます。このときばかりは、父も数の子とお酒の往復に忙しそう。誰にも遠慮せずに食べられて、ここでもやはり私は最後まで居座るのです。

これが三日間続くと飽きそうですが、全くの逆で、一年中食べたいほどお節料理が大好きなのです。現代ではオードブルのようなものもありますが、やはり好きなのは昔ながらのシンプルなお節。ひとつずつにちゃんと意味があって、お箸を差し伸べると両親がその意味を教えてくれます。「海老《えび》は腰が曲がるまで生きられる長寿の象徴なんだよ」「蓮根《れんこん》はね、将来をよく見通せるの」。当時は何となく耳で聞いて食べていたけれど、自分が親になってみると、同じように子供達に伝えていました。それに私はいま五感を使う和菓子の仕事に携わっていて、この時のために自然と体に染みついてきたのだと気づかされました。

祖母から受け継いだ重箱は、母が譲り受け、そして私の元へとやってきました。これからも母の作ってくれた味をずっと守りたいから、どんなに年末が忙しくてもお節料理だけは必ず仕込みます。いまでは私の方がたくさん作って両親に食べてもらうようになり、父から「美味しい」をもらえると思わずガッツポーズが出ちゃったり。

さて、今年の年末もまた忙しくなりそうです。

こばやしゆうこ●生まれも育ちも京都。2016年、お店を持たない京都の和菓子屋さん「みのり菓子」を立ち上げる。季節の果物や野菜を使いレンタルスペースなどで提供する、その場の雰囲気に合ったお菓子が人気に。著書に『みのり菓子　旅するようにお菓子をつくる』(天夢人)がある。

さりげないサンドウィッチ

くまざわあかね（落語作家）

祖父が他界したのはわたしが小学校に上がる前の冬だった。ものごころついたころから病気で寝ていたため、遊んでもらった記憶はない。

覚えているのは、すでに大きな声が出せなくなっていた祖父がチリンチリンと鈴を鳴らして妹とわたしを枕元に呼び寄せ、弱々しくも、慈しむような笑顔を見せてくれたこと。それに対し「おじいちゃーん」と甘えることもなく、どう反応してよいかわからずただボンヤリしていたわたしは、なんと可愛《かわい》げのない孫であったことか。

お通夜も葬儀もとどこおりなく終わり、近所の集会所で精進落としが行なわれた。仕出し屋から届いたお膳の前に座ってまわりを見ると、初めて会う親戚や知らない大人ばかり。みな祖父の思い出話や近況報告に興じている。父と母は葬儀社の人やお坊さんの応対に忙しく、子どもに構っているひまはなさそうだ。

昔から「手のかからない子」と言われており、放っておかれても本を読んだり絵を描いたり、一人で過ごすのは平気だった。でもさすがに葬儀の場に本も鉛筆も持ってきておらず、おおぜいの大人の中で妹とふたり、身の置きどころのなさを感じていた。たまに話しかけてくる親戚もいたのだけれど「お名前は？　いくつ？　幼稚園楽しい？」で質問が止まる。幼稚園児と初対面の大人とで話がはずむわけもない。

お膳の天ぷらはすっかり冷めていた。パサパサのえび天をほおばると案の定おいしくなくて妙に泣けてきた。それを見た親戚の人がこう言った。

「おじいちゃんが死んで悲しいんやね」

違うんです、と言いたかったけれど、なにが違うのか言葉にならず、そのまま下を向いた。祖父の死を悲しめない薄情な自分もイヤだったし、それなのに「とても良い子」のように誤解され訂正もできずにいる自分もイヤだった。もどかしかった。

えび天をのみ込めずにいたわたしを「ちょっと行くわよ」と連れ出してくれたのは、小田原《おだわら》から駆け付けた伯母さんだった。妹とわたしの手を取って外に出ると、ズンズン歩いていった。土地勘もなかったはずなのに、知らない喫茶店に連れられて、気がつくと目の前にミックスジュースとサンドウィッチが並んでいた。

「おおぜいいるところだと緊張して食べられないでしょう」と笑って言った。厚焼きたまごとハムとキュウリがふわふわのパンにはさまれたそのサンドウィッチは、カチンコチンになっていた胃に軟着陸し、お腹《なか》の底があったかくなるのを感じた。

このときのサンドウィッチのようなものをさりげなく差し出せる人になりたいと、いまでもずっと思っている。

くまざわあかね●大阪生まれ。大学卒業後、落語作家の小佐田定雄氏に入門。落語の世界を勉強するため、1カ月限定で昭和10年当時の暮らしを体験したことも。桂南光師匠や笑福亭鶴瓶師匠はじめ、多くの落語家に台本を提供している。

本書は、雑誌「PHPくらしラク～る♪」二〇一六年九月号～二〇二二年十二月号に掲載されたリレーエッセイ、「わたしの思い出ごはん」を再編集し、収録したPHP文芸文庫オリジナルです。

本文デザイン ― bookwall
本文イラスト ― 西淑

PHP文芸文庫 思い出ごはん

2023年3月22日 第1版第1刷

編者 PHP研究所
発行者 永田貴之
発行所 株式会社PHP研究所
東京本部 〒135-8137 江東区豊洲5-6-52
文化事業部 ☎03-3520-9620(編集)
普及部 ☎03-3520-9630(販売)
京都本部 〒601-8411 京都市南区西九条北ノ内町11
PHP INTERFACE https://www.php.co.jp/
組版 朝日メディアインターナショナル株式会社
印刷所 図書印刷株式会社
製本所 東京美術紙工協業組合

©PHP Institute, Inc. 2023 Printed in Japan ISBN978-4-569-90294-4
※本書の無断複製(コピー・スキャン・デジタル化等)は著作権法で認められた場合を除き、禁じられています。また、本書を代行業者等に依頼してスキャンやデジタル化することは、いかなる場合でも認められておりません。
※落丁・乱丁本の場合は弊社制作管理部(☎03-3520-9626)へご連絡下さい。送料弊社負担にてお取り替えいたします。

PHP文芸文庫

Happy Box

伊坂幸太郎／山本幸久／中山智幸／真梨幸子／小路幸也 著

あなたは「幸せになりたい人」or「幸せにしたい人」？ ペンネームに「幸」が付く5人の人気作家が幸せをテーマに綴った短編小説集。

PHP文芸文庫

Wonderful Story《ワンダフルストーリー》

伊坂幸犬郎／犬崎梢／木下半犬／横関犬
貫井ドッグ郎共著／友清哲編

「犬」にちなんだペンネームに改名(!?)した5名の人気作家が、「犬」をテーマに読切短編を競作。いっぷう変わった小説アンソロジー。

PHPの「小説・エッセイ」月刊文庫

『文蔵』

年10回(月の中旬)発売　文庫判並製(書籍扱い)　全国書店にて発売中

◆ミステリ、時代小説、恋愛小説、経済小説等、幅広いジャンルの小説やエッセイを通じて、人間を楽しみ、味わい、考える。
◆文庫判なので、携帯しやすく、短時間で「感動・発見・楽しみ」に出会える。
◆読む人の新たな著者・本と出会う「かけはし」となるべく、話題の著者へのインタビュー、話題作の読書ガイドといった特集企画も充実！

詳しくは、PHP研究所ホームページの「文蔵」コーナー(https://www.php.co.jp/bunzo/)をご覧ください。

文蔵とは……文庫は、和語で「ふみくら」とよまれ、書物を納めておく蔵を意味しました。文の蔵、それを音読みにして「ぶんぞう」。様々な個性あふれる「文」が詰まった媒体でありたいとの願いを込めています。